十津川警部 捜査行

湘南情死行

西村京太郎

双葉文庫

目次

十津川警部捜査行
湘南情死行

湘南情死行

1

警視庁捜査一課の、若い西本刑事が、車を買い換えた。地味で、燃費のいい軽自動車から、オープンカー、ロードスターにである。

理由はひとつだけ。西本に、恋人ができたのだ。

彼女の名前は、塚本恵《つかもとめぐみ》。西本の大学の後輩で、三つ年下の二十四歳。新橋《しんばし》の設計事務所で働いていて、この事務所は、土日が休みである。

その点、刑事の西本のほうは、なかなか土日には休めないが、二人が揃って、休みを取れた日は、ロードスターに乗って、湘南《しょうなん》の海岸沿いの道路をドライブすることが、多かった。

四月五日、快晴。

その日は、久しぶりに、二人揃って休みが取れたので、西本の運転で、いつものように、湘南の海岸通りを、西に向かって、ドライブした。

できることなら、伊豆《いず》半島の先端まで、あるいは、さらに足を延ばして、西海岸までドライブしてみたいのだが、いつ、東京都内で、大きな事件が起きるか、わからない。

その際には、招集がかかるので、西本は、車で、二時間以内に東京に戻れるところまでと、一応、自分で決めていた。

今日も、熱海《あたみ》で車を駐め、市内の、昭和初期から続いているというレストランで、昼食を取ったあと、東京に向かって、引き返すことにした。

135号線を、熱海から湯河原《ゆがわら》、真鶴《まなづる》と引き返す。真鶴に入ったところで、小さな料金所がある。

以前は、このあたりに、古い道路があって、山越えになってしまったのだが、それでは時間がかかってしまうので、海岸沿いに新しい道路ができた。その新道のほうの料金所である。

今は、たいていの料金所には、ETCの設備があって、通行料を、いちいち現金で払わなくとも通過できるのだが、この真鶴の小さな料金所だけは、いつまでも、頑《がん》として、現金払いである。

昔の西本なら、別に面倒くさがらずに、三百五十円を支払って通るのだが、恵を連れてドライブを楽しんでいる時などは、時々、わけもなく腹を立てたりする。

助手席に若い恵が乗っているだけに、颯爽と料金所を通過したいのである。

料金所を通過すると、道路は、海沿いぎりぎりに延びていく。
五、六分走ったところで、西本はいつものように、海側にある店に車を駐めた。
イタリアンレストランだが、コーヒーだけでも、飲むことのできる店である。

二人とも、この店が、気に入っていて、ドライブの帰りなどには、ここでコーヒーを飲んだり、スパゲッティを食べたりする。

気に入っている一番の理由は、店全体が、海に向かって張り出していることだった。

駐車場の端にロードスターを駐めて、店に入る。

店には、二組のカップルの姿があった。

窓側に席が並んでいて、そこに腰をおろすと、目の下は、海面である。波が打ち寄せてくるのが、今日のように、晴れている日には、心地いい。

二人は、コーヒーを注文した。

「船が出ているわ」

恵が、沖に目をやって、楽しそうに、いった。

店の前の海には、よく、釣り船が出ていたりするのだが、今日は、釣り船の姿は見えず、クルーザーが一隻、三十メートルほど沖に、浮かんでいる。

十九フィート(約五・八メートル)ぐらいのクルーザーで、甲板の上に、若いカップルが、いるのが見えた。

「何をやっているのかしら?」

恵が、首をかしげる。

普通、船を停めていれば、そのあたりでは、アジやキスなどの釣りをする。

しかし、甲板の上にいる二人が、釣りをしている様子はない。

風もなく、暖かい日差しが、海を照らしているので、海面が、キラキラと光って、輝いて見える。

「日光浴でも、楽しんでいるんじゃないのかな?」

と、西本が、いった。

コーヒーが運ばれてくる。

突然、恵が、

「あっ」

と、小さく叫んだ。

「キスしてる」

なるほど、沖合いのクルーザーに目をやると、甲板の男女が、折り重なるようにして、キスをしているのが見えた。

「大胆ね」

恵が、笑っている。

「誰かが見ているのに、気がつかないのかな?」

「きっと、二人だけの、世界に入っているのよ」

「たぶん、そうだろうね。でも、向こうのクルーザーからだって、この店が見えているはずなんだが」

そのうちに、甲板の二人は、立ちあがって、キャビンに消えていった。

「僕たちに、見られていたのに、気がついたのかな?」

西本が、笑いながら、いった時、突然、沖のクルーザーが、爆発した。

2

窓ガラス越しにでも、激しい爆発音が、西本に、きこえた。

火柱が立ち、クルーザーの破片が飛び散って、吹きあげられ、それが、ばらばらと海面に落ちてくる。水柱が立つ。

西本は、思わず、椅子から立ちあがり、顔を、ガラスに押しつけるようにして、炎上しているクルーザーを見据えた。

ほかの二組のカップルも、いっせいに、顔を海に向けている。

中年の店のオーナーも、カウンターの外に飛び出してきて、蒼ざめた顔で、海を見つめた。

そんなオーナーに向かって、西本が、

「すぐ一一〇番してください。あの様子じゃ、死人が、出ているかもしれないから」

と、大声で、いった。

恵が、怯えたような顔で、西本の腕を、ぎゅっと摑んでいた。

「死んだのかしら？」

恵が、震える声で、きく。

「あの爆発じゃ、おそらく、助からないだろうね」

三十分ほどすると、小田原《おだわら》警察署からパトカーが二台、到着した。その後、小田原港から、漁船が一隻と、民間のモーターボート二隻が、海上の現場に到着した。

漁船と二隻のモーターボートは、おそらく、小田原警察署が、調達したものだろう。

パトカーで到着した刑事たちは、イタリアンレストランに入ってくると、まず、店のオーナーに向かって、

「最初から見ていましたか?」

と、きいた。

今は、海上に、散乱したクルーザーの破片が、ばらばらに、浮かんでいるだけで、二人の男女がどうなったかは、ここからではわからなかった。

「私は、注文の料理を作っていたので、爆発音がしてから、初めて、海に目をやったんです」

と、オーナーが、いう。

「皆さんは、どうですか?」

と、刑事は、今度は、西本を含めた六人の客全員に、目をやった。

西本と恵を除いた二組のカップルも、店のオーナーと同じように、爆発音がしてから、初めて、海に目をやったと、いった。

西本が、手を挙げて、

「私たちは、最初から見ていましたよ」

と、いった。

「最初からというのは、どのあたりからですか？」

刑事のひとりが、きく。

「沖のクルーザーの甲板に、若い男女がいたんですよ。その後、二人は、キャビンに入っていきました。その直後に、爆発があったんです」

「間違いなく、その間ずっと、見ていたんですか？」

「ええ。彼女と二人で、ずっと見ていました」

「じゃあ、お二人に、詳しいお話を、ききましょう。まず、お名前から」

小田原署の刑事が、いった。

「西本といいます。実は、私は、警視庁捜査一課の刑事です。こちらの女性は、塚本恵さんです」

西本が、いうと、小田原署の刑事は、少しばかりびっくりした顔になって、

「失礼ですが、今日は、何の用で、ここにいらっしゃったのですか？」

「今日は、久しぶりの休みが取れたので、彼女と二人で、湘南のドライブを、楽

しんでいたんですよ。熱海までいって、食事をしてから、東京に戻る途中、ここで、一休みをして、コーヒーを飲んでいたんです。そうしたら、沖にクルーザーが見えましてね。二人で、いったい、何をしているのだろう、釣りでもしているのかなと思って、見ていたんですけどね。甲板に、若い男女がいるのは、わかりましたが、釣りをしている様子はありませんでした」

「間違いなく、クルーザーの甲板に、若い男女がいたんですね？」

「ええ、そうです。ただ、ここから、見たんだから、どのくらいの年齢かは、はっきりとは、わかりませんでした。今もいったように、釣りをしている様子もないので、甲板で日光浴でもしているのだろうかと、そう思っていたら、急に立ちあがって、キャビンに、消えたんです。その直後ですよ。突然、大爆発が起こって、火柱が立ち、クルーザーは、ばらばらになってしまったんです」

相手の刑事は、携帯電話を取り出すと、沖にいる漁船一隻と、モーターボート二隻に乗っている同僚の刑事に、電話をかけた。

「こちらには、証人がいて、爆発したクルーザーには、男女二人が乗っていたと、証言しているんだ。だから、何とかして、その二人を捜してくれ」

「あのあたりは、どのくらいの、深さがあるんですか？」

西本は、店のオーナーに、きいてみた。

「あのあたりから、急に深くなっていますからね。百メートルぐらいは、あるんじゃないですか？」

オーナーが、答えた。

しかし、その答え方には、自信があるとはあまり、思えなかった。

西本が、見ていると、沖合いでは、いくら捜しても、二人の遺体は、見つからないらしい。

そのうちに、ダイバーを乗せた漁船が、やってきて、ダイバーたちが、次々に、海に潜り始めた。

その後、小田原の漁師たちも協力して、二人の男女の遺体が、見つかったのは、午後五時をすぎてからだった。

3

小田原警察署に、捜査本部が置かれ、海上から回収されたクルーザーの破片や、男女の遺体は、そちらに運ばれた。

西本と塚本恵の二人も、一応、目撃者として、小田原警察署にいって、改めて、証言することになった。

西本は、その合間に、上司である十津川に、携帯電話をかけた。

「今日、湘南をドライブしていまして、東京に戻る途中で、レストランに立ち寄り、コーヒーを飲んでいましたら、沖合いで、クルーザーが、爆発するのを目撃しました。クルーザーに乗っていた男女は、死亡しているのが、確認されました。それで、小田原警察署で、現在、証言をしているのですが、ひょっとすると、明日は、出勤できないかもしれません」

「彼女が、一緒だったんだろう？」

「はい」

「それなら、彼女と二人で、小田原警察署に協力したまえ。その事件だが、テレビで見たよ」

「爆発した瞬間の映像も、あったんですか？」

「いや、それはなかった。海に、クルーザーの破片が、たくさん浮かんでいる映像だけが、テレビ画面に映っていた。君は、もう少し、小田原警察署にいることになるかもしれないぞ」

十津川が予想したとおり、その日、西本と塚本恵は、小田原警察署が用意した、市内のホテルに泊まり、翌日、二人は、小田原警察署がチャーターしたボートに乗って、現場の海域にいくことになった。

この事件の捜査の指揮を執《と》るのは、神奈川《かながわ》県警捜査一課の三浦という警部だった。

三浦は、ボートの上から陸上に目をやって、

「向こうに、西本さんたちが、コーヒーを飲んでいた、レストランが見えますが、このあたりの海上で、間違いありませんか？」

と、西本に、きいた。

「ええ、確かに、このあたりだと、思いますね。あの店の、左から五番目の窓ガラスのところの席に、私たちは、座っていたんです。そこから、こちらを見ていました」

「その時の時刻、わかりますか？」

「車を駐車場に、駐めた時、時計を見ましたからね。確か、その時が、三時五分すぎだったから、あの窓の傍の、テーブルに着いた時が三時十分頃、それから、爆発が起きて、沈没するまでを、ずっと見ていたんです。だから、爆発は、三時

二十分頃かな」

「お二人は、コーヒーを、注文されたんでしょう？　コーヒーを飲みながらも、ずっと、クルーザーのほうを、見ていたんですか？」

三浦警部は、そんな質問をする。

「コーヒーを、飲みながらも、ちゃんと、見ていましたよ。私より、彼女のほうが、興味を持って見ていたと思いますね」

西本が、いうと、三浦は、恵に目をやって、

「どうして、あなたは、沖のクルーザーに、興味があったんですか？　別のいい方をすれば、どうして、あなたは、クルーザーに乗っていた二人の男女のことを、ずっと、見ていたんですか？」

と、きいた。

「最初は、何をしているのかという、興味があって、何となく、見ていたんですけど、そのうちに、甲板の上で、二人がキスをしたんですよ。思わず、あっ、キスをしているといってしまいました」

恵が、笑いながら、いった。

「甲板の上で、男女が、キスをしていた。間違いありませんか？」

「ええ、間違いありませんよ」

今度は、西本が、答えた。

「寝そべって、折り重なるようにして、キスをしていましたね。だから、ああ、恋人同士なのかと、思っていたんですが、そのうち、急に立ちあがって、キャビンのなかに、入ってしまったんです。その直後に、突然、爆発が起きましてね。何もかも、吹き飛んでしまうし、クルーザーは、火に包まれてしまうし、とにかく、あの男女がどうなったのか、それが心配で、ずっと、見ていたんですよ」

「なるほど」

「死亡した、あの男女の身元は、わかったんですか？」

西本が、三浦警部に、きいた。

「向こうの丘の上を、見てください。白い洒落た別荘ふうの家が、あるでしょう？」

三浦が、指差した。

その方向を見ると、確かに、丘の上に、全面ガラス張りの、洒落た二階建ての家が、見えた。

「宮川拓也《みやかわたくや》という、三十五歳の、いわゆる青年実業家がいるんですが、その宮川という男の別荘が、あそこに見える、ガラス張りの家なんですよ。死んだ女のほうは、矢野明日香《やのあすか》という二十三歳の女優です」

「それで、二人が、乗っていたクルーザーは、その宮川という、青年実業家の所有している船なんですね？」

「そうです。真鶴に、釣り船を持っていて、釣り餌の販売と、五、六人泊まれるような民宿を、やっている家があるんですが、そこに、宮川拓也は、問題のクルーザーを、預けていたそうなんです。昨日の三時頃、宮川と矢野明日香が、その民宿に現れて、これからクルーザーを出したい。そういって、クルーザーに乗って、沖に出ていったそうなんですよ」

「宮川という人は、クルーザーを出して、いったい、どこまで、いくつもりだったんですかね？」

「それが、まだ、わからないのですよ。民宿の主人に、きいたところでは、宮川も、矢野明日香という女性も、何もいわなかったそうです。釣りの餌も、持っていかなかったから、釣りをする気も、なかったらしい」

西本は、もう一度、丘の上の、白い別荘に、目をやった。じっと見つめていても、今は、人の気配はないように見える。

「もし、昨日、事件が起きた時、あの別荘に誰かがいれば、爆発を、目撃したわけですね？」

西本が、いうと、三浦は、うなずいて、

「西本さんは、ひょっとすると、宮川の奥さんのことを考えているんじゃないんですか？」

「宮川には、奥さんが、いるんですか？」

「ええ、同じ三十五歳の奥さんが、宮川拓也には、いますよ。大学時代の、同窓生で、大学四年の時に、学生結婚をしています」

「奥さんは、爆発の時、あの別荘にいたんですか？」

「われわれが、きいたところ、昨日はずっと、東京白金《しろかね》の自宅マンションに、いたといっています」

「裏は取れたんですか？」

「いや、まだ、裏は取れていません」

「もし、あれが殺人だとすると、奥さんは、一応、容疑者のひとりということに、なりますね？」

「そのとおりです。しかし、奥さんは、大学で、フランス文学を専攻していたという人ですからね。クルーザーを、爆破させるような、荒っぽいことができるとは、私には、到底思えないんですよ」

「なるほど」

「一応、小田原警察署に、捜査本部を設けましたが、これが、殺人ではなくて、覚悟の上の心中ということも、充分に、考えられます」

「心中ですか？」

「男の宮川拓也には、心中をする気はなかったと思いますがね。矢野明日香のほうには、心中する可能性が、あったと思われるんです。彼女をしっているタレントや、テレビ局のディレクター、あるいは、彼女が所属していた、プロダクションの社長なんかにも、きいてみたのですが、彼女は、宮川拓也に、かなり、夢中だったといっているんです。しかし、奥さんがいるので、一緒になれない。プロダクションの社長なんかは、君は、これからの、女優なんだから、宮川拓也のような男のことは、早く、諦めてしまいなさいと、前々から忠告していたそうです。が、それでも、矢野明日香は、宮川に夢中だったと、いっていますし、女友だちも、同じようなことを、いっているんです。ですから、心中の可能性もあるんですよ」

と、三浦が、いった。

小田原警察署に戻ると、そこで、西本と塚本恵は、死んだ宮川拓也と矢野明日香の顔写真を、見せられた。

「宮川拓也の奥さんの写真があったら、それも見せてもらえませんか？」

西本が、いうと、三浦が、その写真もコピーして渡してくれた。

美人だが、少し、きつい感じの顔立ちである。理知的な性格なのかもしれない。

西本は、その写真を、恵にも、見せた。

恵は、じっと、宮川祥子《さちこ》の写真を見ていたが、

「私、こういう人は、ちょっと苦手」

と、小声で、西本に、いった。

「どうして？」

「何となく、怖そうだから」

とだけ、恵が、いった。

昼すぎになって、西本と塚本恵は、やっと解放された。

「これからどうする？」

西本が、きくと、恵は、

「今日、会社は休むつもり。それより、これから、真鶴に戻ってみたいわ」

「あのイタリアンレストランにかい？」

「ええ、あの店にも、いってみたいけど、それより、死んだ二人が、クルーザーを出したという、真鶴の、民宿にいってみたいの」

「そうか。実は、僕も、そこに、いってみたいと思っていたんだ」

二人は意見が合って、車に乗りこむと、小田原からまた、真鶴に向かった。

問題の民宿は、崖状の道路脇に駐車場があって、そこに、車を駐めてから、階段をおりていくと、その下に、民宿兼釣り船の店があった。

そこから、桟橋が海に向かって突き出していて、そこに、漁船というよりも、今は釣り船といったほうがいいのだろう、その船が繋留されている。

その桟橋の反対側には、おそらく、爆発で、炎上したクルーザーが、繋留されていたに、違いない。

海鮮料理の店も、出していたので、二人は、店に入って、簡単な海鮮料理を注文し、それから、西本が主《あるじ》に会って、話を、きくことにした。

西本が、警察手帳を見せると、店の主人は、西本を、神奈川県警の刑事と思ったのか、すらすらと答えてくれた。

「うちと宮川さんの関係ですが、宮川さんが、丘の上に、別荘を建てた五年前からのつき合いで、その時、うちの桟橋に、クルーザーを繋留させてくれと、いわれたんですよ。それで、いいですよと、桟橋を、お貸しすることにしたんです」

「昨日の話ですが、ここには何時頃、宮川さんと、連れの矢野明日香さんは、見えたんですか？」

「確か、三時頃でしたよ。あのクルーザーで、海に出ていかれたんです」

「ここでは、海釣り用の餌も、売っているんでしょう？　その餌を、宮川さんは、持っていかなかったと、きいたんですが、それは本当ですか？」

「ええ、そうですよ。時々、クルーザーで海釣りに、いかれることがあるので、昨日も、釣りですかとおききしたら、いや、今日は、ただ海に、出たいだけだからといわれましてね。だから、餌は持たずに、海に出ていかれたんですよ」

「あのクルーザーで、どこまで、いくことができるんですか？」

「そうですね。あの大きさですから、おそらく、伊豆七島の大島《おおしま》あたりまでは、楽にいけるんじゃ、ありませんかね。以前、大島まで、いったというような話を、宮川さんからきいたことが、あります」

「矢野明日香さんのほうは、どんな様子だったんですか？　彼と一緒で、嬉しそうにしていましたか？　それとも、悲しそうにしていましたか？」

　恵が、きいた。

　店の主は、首をかしげて、ちょっと考えていたが、

「さあ、どうでしょうかね。普通だったような、気がしますけどね。それほど、嬉しそうではなかったけど、そうかといって、悲しそうでも、なかったですね。宮川さんと、仲よく手を繋いで、クルーザーに、乗りこんでいきましたからね」

「丘の上に、宮川さんの別荘があるでしょう？　あの別荘に、ご主人は、いかれたことがありますか？」

　西本が、きいた。

「ええ、何度か、伺ったことが、ありますよ。宮川さんは、あの別荘に、お友だちを呼んだりして、自分で、料理を作って、もてなすのが好きなんです。そんな時、うちに電話があって、よく、今日獲《と》れたばかりの新鮮な魚を、持ってきてほしいというんですよ。それで、私が、あの別荘まで、魚を運んだことが、何度もあります」

「そんな時ですが、宮川さんと一緒にいるのは、奥さんですか？　それとも、昨

日亡《な》くなった、矢野明日香さんですか？」

　恵がきくと、店の主は、少しばかり、困惑した顔になって、

「そういうことに、はっきりと、答えちゃっていいのかな？　それに、私が魚を持っていくと、出てきて、それを受け取るのは、たいてい、宮川さん本人ですよ。その時、奥に、奥さんがいたのか、それとも、昨日亡くなった矢野明日香さんがいたのかは、私には、わかりませんよ」

「しかし、昨日は、間違いなく、矢野明日香さんが一緒だったし、奥さんは、東京にいたというんですけど」

　恵が、いった。

「そうですね。確かに、昨日は、矢野明日香さんが一緒でした」

「前にも、奥さんではなくて、矢野明日香さんが一緒だったのを、ご覧になったことがあるんじゃありませんか？」

　恵がきくと、主は、また、困惑の表情になって、

「どうだったかなあ。まあ、あのクルーザーに乗る時は、たいてい、奥さんじゃなくて、若い女性が、一緒でしたけどね。ええ、あの矢野明日香さんですよ」

「昨日、丘の上の別荘から、宮川さんと矢野明日香さんが、ここに、きたんでし

ょう？　その時に乗っていた車は、どこにあるんですか？　上の駐車場には、ほかに車は見当たらなかったが」

西本が、いうと、主は、今度は、きっぱりと、

「昨日、ベンツで、お二人は、こられたんですけどね。爆発があったあと、警察が、そのベンツを、持っていってしまったんですよ。あなたも、刑事さんなんだから、そのことは、もうご存じなんでしょう？」

「ええ、しっていましたけどね。念のために、おききしてみたんです。宮川さんとは、五年来の知り合いだと、先ほど、おっしゃいましたが、あなたから見て、宮川拓也という人は、どういう人ですか？」

「そうですね。何といったって、三十すぎでベンチャービジネスの、社長になった人でしょう？　青年実業家ですからね。立派なものだと思いますよ。いつも自信に満ちあふれているし、それに、うちなんかとも、気さくに、友だちづき合いをしてくれますからね。いい人ですよ」

今度は、恵が、きいた。

「矢野明日香さんのほうは、どんな、女性ですか？」

この海鮮料理の店の壁には、矢野明日香のサイン色紙が飾ってあった。

「彼女のことは、私よりも、うちの家内のほうが詳しいから」

主は、そういって、奥から、奥さんを呼んでくれた。

小太りの奥さんは、店に出てくるなり、

「矢野明日香さんのことですか？　今どきの若い娘さんにしては、珍しく、真面目で、礼儀正しくて、うちの人にも、いっていたんですよ。あんなにいい人じゃ、タレントとして、生きていけないんじゃないかってね。ああいう人は、芸能界なんかからは、早く足を洗って、誰かいい人を見つけて、さっさと、結婚したほうがいいんじゃないかって、いつも、うちの人に、いっていたんですけどね」

「矢野明日香さんは、宮川さんに、夢中だったように、きいていますが、それは本当ですか？」

恵が、きいた。

「実は、そうなんですよ。それで、私も、心配していたんですけどね。今いったように、彼女は、芸能界の人間には、珍しく、真面目な人だし、宮川さんには、奥さんがいるし、それで、何かトラブルが起きなければいいな、と思っていたんですけどね。心配していたら、とうとう昨日、二人で、心中しちゃったんでしょう？」

主の奥さんが、いった。

どうやら、この奥さんは、昨日の事件が、心中、それも、無理心中と、思っているのかもしれない。

西本は、再び、主に向かって、

「宮川さんのクルーザーですが、表の桟橋に、いつも、繋留されていたわけですね？」

と、きいた。

「ええ、繋留していましたよ」

「夜は、どうなんですか？」

「どうって？」

「誰かに、悪戯されるかもしれないから、夜も、気をつけている。そういうことは、なかったですか？」

「ねえ、刑事さん。上の道路のところから、ここまで、階段を、おりてこなくてはいけないんですよ。夜、わざわざ、階段をおりて、桟橋のクルーザーを、見にくる人なんか、まずいませんよ」

主が、笑った。

しかし、一昨日の夜、誰かが、上の駐車場から、おりてきて、桟橋に繋留されている、宮川のクルーザーに、爆薬を仕かけたかも、しれないのだ。その可能性も捨てきれない。

4

帰りに、恵が、丘の上の、宮川の別荘を見たいというので、西本は車を運転して、S字カーブの登り道を、丘の上まで、あがっていった。

問題の別荘は、海側に面して、ガラス張りのリビングがあり、家の玄関は、裏手にあった。

そこに、県警のパトカーが一台、駐まっていた。

二人が、車から降りて、なかを覗いていると、県警の、三浦警部が、顔を出して、

「まだ帰らなかったんですか？」

と、西本に、きいた。

「何となく、この別荘のことが、気になりましてね」

「それなら、構いませんから、なかにお入りください。もう、写真も撮ったし、指紋の採取も終わりましたから」

と、いってくれた。

二人は、なかに、入れてもらった。

鉄筋コンクリート二階建ての、造りである。

リビングは半円形に、海に向かって、張り出すような形になっているので、やたらに、陽が差しこんでくる。

一階には、ほかに、バスルームと、広いキッチンがあった。そこで宮川が、料理の腕をふるっていたのだろう。

二階にあがっていくと、これも、広いベッドルームと書斎があり、さらに、宮川の趣味なのか、工作室があった。

工作室には、小さめの工作機械が、並んでいて、宮川が、作ったと思われる、飛行機や車の模型が、棚にたくさん並んでいる。

一階の、海側に張り出した、ガラス張りの半円形のリビングに立つと、眼下に国道135号線が見える。

その先に、西本たちが、コーヒーを飲んだイタリアンレストランがあり、そのさらに先は、相模湾《さがみ》である。

当然、ここから見ていれば、その海上で、クルーザーが爆発するのが、はっきりと、見えたに違いない。

リビングルームの、出窓の上には、双眼鏡が置いてあった。

西本は、それを借りて、もう一度、海を見てみた。

今日は、沖に、釣り船が一隻、見えた。釣りをしているのか、帆をあげて動こうとしない。

昨日も、この双眼鏡を使えば、クルーザーの甲板にいた、宮川拓也と、矢野明日香の姿も、はっきりと、見えたに違いない。もちろん、二人が、甲板で、キスをしている姿もである。

「この双眼鏡の指紋は、もちろん、調べたんでしょうね？」

西本が、きくと、県警の三浦警部は、にやっと笑って、

「もちろん、調べましたよ。しかしね、西本さん。もし、この双眼鏡に、宮川の奥さんの祥子さんの、指紋がついていたとしても、彼女が犯人であるという証拠には、なりませんよ。何しろ、この別荘は、宮川夫妻の持ち物なんだから、ここ

にあるものに、奥さんの指紋が、ついていたとしても、当たり前ですからね」

「この家全体の指紋は、どうなんですか？」

「誰の指紋かは、これから、調べるのですが、いろいろなところから、三種類の指紋が、たくさん、出ましたよ」

「それは、宮川拓也さんと奥さんの祥子さん、それに、矢野明日香さんの、指紋じゃありませんか？」

「たぶん、そんなところでしょうね」

「もし、矢野明日香さんの指紋が、たくさんあったら、彼女が、よく、この別荘に、きていたことになりますね？」

「とにかく、それもこれも、これから、捜査本部に帰って、慎重に、検討してからのことになりますよ」

三浦は、慎重に、いった。

5

西本が、警視庁捜査一課に、出勤すると、十津川が、

「神奈川県警から、捜査依頼がきているんだ。例の、爆破事件で亡くなった、宮川拓也と矢野明日香のことを、詳しく調べて、報告してほしいといっている。宮川の奥さん、宮川祥子のこともだ。この件に関しては、すでに、関わりを持っているのだから、君がやってくれ」

と、西本に、いった。

西本は、それをきいて、何となく嬉しかった。何といっても、あのクルーザーの爆発を目撃しているし、神奈川県警の、三浦警部から、事件のあとのことを、いろいろときいてもいる。それだけに、あの事件が、どうなるのか、気になっていたからである。

それを、おおっぴらに調べることができるのだから、嬉しかったのだ。

まず、宮川拓也のことを調べることにした。

死んだ宮川は、従業員三十人のIT企業ウィンドー宮川の社長だった。

ウィンドー宮川は、青山《あおやま》通り沿いのビルのなかにあった。

西本が、日下刑事と一緒にいってみると、臨時休業の札がかかっていた。

そこで、同じビルに入っている、宮川と同じく、ベンチャー企業の社長である桜井《さくらい》に会って、話をきくことにした。

桜井も、宮川と同じく、三十代の若い社長である。

桜井は、会うなり、二人の刑事に向かって、

「宮川さんが、死んだなんて、今でも、信じられませんね。ついこの間、彼と会って食事をした時も、すこぶる元気で、今後の事業方針について、いろいろと、意見を取り交わしたんですから」

「宮川さんと、矢野明日香さんという新進女優の関係は、ご存じでしたか？」

西本が、きいてみた。

「しらなかったと、いいたいところですが、薄々、気がついていましたよ。業界では、噂にも、なっていましたからね」

「宮川さんと、矢野明日香さんは、どうして、親しくなったんですか？」

「確か、あれは、ＩＴ企業の、集まりでした。大きなパーティがありましてね。その時、大会社の、コマーシャルをやっていた矢野明日香さんが、ゲストとして、やってきたんです。もちろん、その大会社の社長に、呼ばれて、やってきたんでしょうけどね。たぶん、その時、宮川さんと知り合ったんじゃないのかな？」

「それは、何年前の話ですか？」

「確か、二年か三年前だと、思うけど、正確なところは、ちょっと、わかりませ

んね」

「それ以来、二人は、ずっと、つき合っているということですか？」

「たぶん、そうでしょうね」

「桜井さんは、宮川さんの奥さんのことをご存じですか？」

「ええ、しっていますよ。確か、宮川さんとは、大学が、同窓だったらしいですね。大学四年の時に、結婚した。そのあたりの馴れ初めを、前に、宮川さん本人から、きいたことがあります」

「宮川さんご夫妻の仲は、どうだったんでしょうかね？」

「そうですね。格別仲がいいという話も、きかなかったけど、離婚するという話も、きいていませんね。どこにでもいる、ごく普通の夫婦じゃないかと、思いますよ」

「奥さんは、宮川さんと、矢野明日香さんの関係を、しっていたんでしょうか？」

「しりたくなくても、噂が流れていましたから、おそらく、しっていたと思いますよ。ただ、あの奥さんは、頭が切れるから、そんなことで、騒ぎ立てたりは、しなかったんじゃないでしょうかね？」

と、桜井は、いった。

6

このあと、矢野明日香が所属していた芸能プロダクション、Rプロに、西本と日下の二人は、出かけていき、そこのマネージャーに会った。

もう二十年も、Rプロダクションで芸能マネージャーをやっているという、加《か》藤《とう》という男は、こんなことをいった。

「矢野明日香ですが、正直なところをいえば、半分はもう、彼女の将来を、諦めていたんですよ。素質のある、いい女優なんですけどね」

「それは、ウィンドー宮川の宮川社長のことが、あったからですか？」

西本が、きくと、加藤は、うなずいて、

「僕はね、女優が恋をするのは、一概《いちがい》に、悪いことじゃないと、思っているんですよ。恋をして、人間の幅が広がったり、芸がうまくなったりする。そういうこともありますからね。しかし、彼女の場合は、ちょっと違っていました。あれほど男に、惚れて、溺れてしまっては、駄目ですよ。マネージャーの僕が、いくら彼女を、テレビ局や映画会社に売りこんだって、肝心の彼女が、約束の時間にちゃんと、こないんですから。それも、二度三度と重なると、僕だって、いやになるし、テレビ局からの信用も、だんだん、なくなってしまいますからね」

「つまり、彼女は、本気で、宮川社長に、惚れていたということですか？」

「いや、本気で、惚れたって、いいんですよ。ただ、どこかで、自分が女優だ、ということを忘れていなければね。それさえ、わかっていれば、恋で傷ついて、ぼろぼろになっても、立ち直ることができるし、今もいったように、それを肥《こ》やしにして、大女優になれるかも、しれないからですよ。その可能性に、僕は賭けていたんですけどね。こんなことになって、とにかく残念です」

「彼女の場合は、何が、問題だったんでしょう？」

「今もいったように、男に惚れたっていいんですよ。不倫したっていいんですよ。ただ、自分が、女優であることを、忘れなければいい。それともう一つ、法律に、触れるようなことは、絶対にしちゃいけない。それが、大前提じゃないですか？ところが、彼女の場合、宮川社長に頼まれれば、法律に触れるようなことだって、やりかねなかった。だから、これはもう駄目だなと、半分は、愛想を尽かしていたんですよ」

「具体的に、彼女が、何をしようとしたのか、あるいは、したのか、それを、教えてくれませんか？」

「いや、それまではね、死者に鞭打つことになるので、僕の口からは、ちょっと、いえませんけど」

マネージャーの加藤が、いう。

「その宮川社長と矢野明日香さんが、乗っていたクルーザーが、爆発して死んでしまったんですが、今回のこの事件について、加藤さんは、どう、思われますか？」

「そうですね。もし、あれが自殺か、あるいは心中だったら、彼女が、死ぬことを、望んでいたのかもしれませんね」

「そうすると、加藤さんは、今度の事件は、殺人ではなくて、自殺か、心中であると、考えておられるのですか？」

「ええ、そうです。でも、何の根拠もないんですよ。ただ、何となく、そんな気がするだけですから」

加藤は、そんないい方をした。

次に、西本たちが会ったのは、同じRプロダクションの、樋笠典子《ひがさのりこ》という、矢野明日香より三歳年上の、女優だった。

典子のほうは、脇役に徹していて、明日香に比べれば、常識的で、柔らかい考え方を、持っているように見えた。

「今、マネージャーの、加藤さんに会ったんですよ。そうしたら、亡くなった矢野明日香さんのことは、半《なか》ば、匙を投げていたと、いうんですよ。その理由をきいたら、一緒に亡くなった、宮川社長に夢中で、自分が、女優であることを、忘れてしまっていた。才能はあるけれども、もう女優としての将来は、諦めざるを、得なかった。加藤さんは、そんなふうに、いっているんですけどね。あなたは、彼女のことを、どう思いますか？」

西本が、きいた。

典子は、笑って、

「マネージャーの、加藤さんですけどね。少しばかり、頭が固いんですよ」

と、いった。

「それは、具体的にいうと、どういうことですか？」

「加藤さんは、もう、二十年も、Rプロダクションでマネージャー一筋に、やってきた人なんです。確かに、昔は、大変、優秀なマネージャーだったかも、しれませんけど、最近はもう、若い女優さんの気持ちが、わからなくなって、きているんですよ。それで、いつも、女優さんと、喧嘩になってしまって。だから、明日香さんのことを、あれこれいっているけれども、それは、自分が、彼女のことを、うまく育てられなかったから、いわば、負け惜しみなんです」

「すると、矢野明日香さんは、宮川社長を愛していたけれども、自分が、女優であることは、忘れてはいなかった。あなたから見ると、そういうことですか？」

「ええ、もちろん、そうです。彼女、いつだって、自分は、女優であると、はっきり認識していましたよ。確かに、あのＩＴ企業の社長さんに、惚れていたとは思いますけど、だからといって、女優としての野心を、捨ててはいなかった。そのことは、私が、一番よくしっていますわ」

と、典子が、いった。

「しかし、宮川さんには、奥さんがいるから、二人の関係は、いわば、不倫でしょう？　そのことを、彼女は、どう、思っていたんでしょうかね？」

「彼女、年齢以上に大人でしたからね。だから、いつかは、宮川社長とは、わかれなければならない。それは、覚悟していたと、私は思うんですよ。わかれたのなら、それ以後は、女優に専念する。本人が、ちゃんと、そういっていましたもの」

「樋笠さんは、今度の事件を、どう、思われますか？　あれを殺人だと思う人がいる一方で、心中じゃないか、あるいは、自殺じゃないかと、そんなふうに、考える人もいるんですが」

日下刑事が、きいた。

「私には、よくわかりませんけど、心中や自殺ではないと、思いますよ。今もいったように、彼女、ああ見えても、性格的に、しっかりしていたから、自殺なんてするはずがないし、好きな宮川社長と、心中するなんて、そんなことは、考えない女性ですから」

と、典子が、いった。

（どうも、よくわからなくなってきたな）

と、思いながら、西本は、樋笠典子とわかれ、日下と二人、Rプロダクションを出た。

駐めておいた覆面パトカーのところに戻ろうとした時、急に後ろから、男に声をかけられた。

二人が振り向くと、そこには二十代の、若い男が立っていた。

「湘南の海で起きたクルーザーの爆破事件のことを、調べていらっしゃる刑事さんでしょう？」

と、その男が、西本と日下の二人に向かって、いった。

「そうですが、あなたは？」

と、西本が、きいた。

「ちょっとわけがあって、名前は、いえませんが、これをぜひ、読んでいただきたくて」

男は、そういって、ポケットから封筒を取り出すと、西本の手に押しつけて、逃げ去るように、路地を、曲がってしまった。

西本は、覆面パトカーに戻ると、助手席で、男が、強引に渡していった封筒の封を切ってみた。

なかには、便箋が、一枚だけ入っていた。

そこには、大きな文字で、こう書いてあった。

〈クルーザーを爆破し、二人の命を絶ったプラスチック爆弾は、宮川拓也が手に入れたものです。彼女は、宮川みたいな男と心中するはずがありません。あれは、殺人です。

矢野明日香のファン〉

7

西本は、黙って、運転席にいる日下に、その便箋を見せた。

「さっきの男だが、以前に会ったことがあるのか？」

日下が、きいた。

「いや、初対面の男だよ」

「その男が、どうして、こんな手紙を君に、渡したんだろう？」

「たぶん、矢野明日香のファンだろう」

「これを、どうするつもりだ？　第一、この手紙を信用するのか？」

日下が、きく。

西本は、ちょっと、考えてから、携帯電話を取り出して、神奈川県警の、三浦警部に電話をした。

「警視庁捜査一課の西本ですが、わかっていたら、教えていただきたいことがあるんです。爆破で使われた爆薬の種類は、わかりましたか？」

と、きいた。

「今まで、爆発物の、専門家に調べてもらっていたのですが、ついさっき、やっと、判明しましたよ。最初、ダイナマイトが使われていたのかと、思ったのですが、実際には、プラスチック爆弾でした。それがわかりました」

三浦が、教えてくれた。

電話を切ると、西本は、運転席にいる日下に向かって、

「例の爆発だが、使われたのは、プラスチック爆弾だと、神奈川県警は、断定したそうだ」

「それじゃあ、この手紙の指摘は、その点では正しいということか？」

日下は、難しい顔で、そういってから、アクセルを踏んだ。

西本が、もう一度、手紙に、目を落とした。

この手紙の、少なくとも、プラスチック爆弾の部分だけは、正しかったのである。

では、ほかの部分は、果たして、正しいのだろうか？

ほかの部分というのは、一つしかない。使われたプラスチック爆弾を、手に入れたのは、ほかならぬ、宮川社長本人だという、記述である。

あの若い男が、手紙で指摘したのは、二つのこと、一つは、爆発物は、死んだ宮川社長が入手したこと、もう一つは、使われた爆薬が、プラスチック爆弾であること。その二つである。

その二つの記述のうち、一つが正しいことがわかったのだ。

だからといって、もう一つの指摘が、正しいかどうかは、わからない。

しかし、プラスチック爆弾の部分が、正しいとすると、あの若い男は、西本や日下を、ただ単に、からかうつもりで、こんな手紙を、渡したのではないことが、わかってくる。

「これからまっすぐ、警視庁に戻るのか？」

運転席から、日下が、きいた。

「いや、白金にやってくれ。今日中に、宮川拓也の奥さん、祥子さんに、会ってみたいんだ」

西本が、いった。

日下の運転で、車は急遽、港《みなと》区白金に向かった。

宮川祥子が、住んでいるマンションは、白金に新しく建てられた、十七階建てのマンションである。ホテルふうの一階ロビーに入り、インフォメーションセンターに、顔を出して、宮川祥子さんに、会いたいと、告げた。

祥子の住んでいるのは、最上階の、十七階だった。

インフォメーションセンターから連絡が取られ、宮川祥子が会うことを、承諾してくれたので、二人の刑事は、十七階まで、エレベーターであがっていった。

二人は、玄関を入ってすぐの、三十畳は、優にあるリビングルームで、宮川祥子に会った。

部屋の外に人の気配を感じて、西本が、

「どなたか、ご来客ですか？」

と、きくと、祥子は、笑って、

「ええ。でも、構いませんわ。何でもきいてください」

「お答えしにくいとは、思いますが、湘南の海で亡くなったご主人と、同じクルーザーに乗っていた、矢野明日香さんのことをおききしたいのです。ご主人が、彼女と、つき合っていたことは、ご存じでしたか？」

西本が、まず、きいた。

祥子は、一瞬、困惑した表情になり、しきりに、後ろを見ている。

それに合わせるように、ドアが開いて、五十代と思える男が、入ってきた。

西本たちに向かって、

「私は、こちらの、宮川祥子さんの顧問弁護士の寺脇《てらわき》といいます」

と、自己紹介し、名刺を、二人の刑事に差し出した。

それには、東京弁護士会に所属する弁護士、寺脇秀二《しゅうじ》と、書かれてあった。

寺脇弁護士は、祥子に向かって、

「これは、正式な尋問では、ありませんから、答えたくなければ、何も、答えなくてもいいんですよ」

「いいえ、お答えしますわ。もちろん、矢野明日香さんのことは、しっていましたよ。主人との関係も」

祥子は、あっさりと、認めた。

「真鶴にある、洒落た別荘ですが、あの別荘に、矢野明日香さんも、時々いっていたようなのです。そのことは、ご存じでしたか？」

「ええ、それも、しっていましたわ」

「それで、どう思って、いらっしゃったんですか？」

「やきもちとか、そんなものは、彼女には、感じませんでしたわ」

「どうしてですか？」

「だって、彼女は、まだ子供ですもの。子供に、やきもちを焼いたって、仕方がありませんわ」

負け惜しみなのか、それとも、すでに、矢野明日香が死んでしまったからなのかは、わからないが、祥子は、余裕の表情で、笑いながら、答えた。

「四月五日の午後三時前後ですが、どこで、何をしていらっしゃったのか、それをおききしたいのですが」

「その質問には、前にも、お答えしましたわ。五日の午後三時頃は、このマンションに、ずっといて、テレビを観たり、本を読んだり、していましたけど」

「どなたか、それを証明してくれる人は、いらっしゃいますか？」

日下が、きくと、弁護士の寺脇が、身を乗り出してきて、

「今回の事件は、湘南沖で起きたんだから、神奈川県警の所管でしょう？どうして、警視庁の刑事のお二人が、宮川祥子さんに、質問するんですか？ ちょっと、おかしいんじゃありませんか？」

「実は、神奈川県警から、警視庁に協力要請が、きていましてね。死んだ宮川社長や、矢野明日香さんなどについて、調べて、回答してくれといわれているんですよ。もちろん、宮川祥子さんについてもです。ですから、こうして、こちら

に、お邪魔しているのですが」

と、西本は、いったあと、

「では、弁護士の寺脇さんに、おききしましょうか？」

「答えてもいい質問ならば、お答えしますよ」

寺脇が、釘をさした。

「亡くなった宮川さんは、三十代の若さで、三十人の社員を持つ、ＩＴ企業の社長になって、活躍されていらっしゃった。おそらく、交際範囲も大変広いと思われるのですが、そのなかに、アメリカ人の、知り合いもいるんでしょうか？」

西本が、きいた。

「アメリカ人はもちろん、韓国人や、中国人も、仕事上の、つき合いのある外国人は、かなりたくさんいますよ」

寺脇弁護士が、答える。

「現在、日本に駐留している、米軍の将校とは、どうでしょう？　在日米軍の将校や、第七艦隊の将校などにも、宮川さんは、知り合いが、いたんでしょうか？」

「ちょっと、待ってくださいよ。なぜ、そんなことを、しりたがるんですか？」

咎めるように、寺脇弁護士が、きいた。

「われわれが、しりたいのは、宮川さんが、どんな人だったのか、ということなんですよ。それで、おききしているのですが、お答えになりたくないのでしたら、結構です」

わざと、西本が、突きはなすようにいうと、寺脇弁護士は、

「もちろん、宮川社長は、日本に駐留している、米軍の司令官とも、あるいは、将校とも、親しかったと、思いますよ。何しろ、現代の軍隊というところは、ITの固まりのようなものですからね」

西本が、それで、質問をやめようとすると、逆に、寺脇弁護士が、

「もう、それで、終わりですか？　これだけの質問だと、いったい、何を、おしりになりたいのか、はっきりとしませんね」

二人の刑事は、マンションの外に出て、再び車に乗りこんだ。

日下は、マンションのほうを、振り返って、

「あの寺脇という弁護士は、おそらく、遺産問題のために、きているんだよ。宮川社長が死んだんで、遺産を、あの奥さんが継ぐことになるだろうからね。それで急いで、弁護士を呼んで、相談していたんじゃ、ないのかね？」

「たぶん、そうだろう。それより、一つ、いいことを、きいた」

「亡くなった宮川社長が、在日米軍の司令官や将校たちと親しかったということだよ。弁護士が、そういっていたじゃないか。今、日本でプラスチック爆弾を、手に入れようと思ったら、一番手に入れやすいのは、日本にいる米軍が持っているC４というプラスチック爆弾だからね」

日下は、車を運転しながら、

「君は、さっきの手紙にあった、爆発物を入手したのは、死んだ、宮川社長だという言葉を信じているのか？」

「半信半疑だったから、さっき、宮川祥子の顧問弁護士に、きいてみたんだよ。そうしたら、今もいったように、在日米軍の将校や司令官たちと、親しかったというから、そのルートを通じて、宮川社長は、プラスチック爆弾を、手に入れていたんじゃないだろうかと、考えたんだよ。もちろん、宮川社長以外の人間が、ほかのルートを通じて、プラスチック爆弾を、手に入れた可能性もないことはないがね」

西本たちは、宮川が、どんな手段で、アメリカ軍用の、プラスチック爆弾C４を手に入れたのかを、しりたかった。

そこで、日本に駐留している米軍と折衝に当たっている、防衛省に出向いて、話を、きくことにした。

防衛省の職員は、最初はいい顔をしなかった。米軍との間に、わだかまりができては、困るとでも、思ったのだろう。

しかし、殺人事件であること、こちらとしては、宮川拓也が、プラスチック爆弾を、どうやって手に入れることができたかということだけを、しれば、具体的な米軍の兵士の名前などは、絶対に、明かさない。そう約束して、やっと、協力してくれることになった。

それでも、できるだけ、慎重に調査をしたいというので、二日間、回答を待つことになった。

三日目に、西本たちが、防衛省から、教えられたのは、次のようなことだった。

米軍の厚木《あつぎ》基地に、F・シュナイダーという中佐がいた。親日家で、宮川拓也ともつき合いがあった。

シュナイダー中佐は、退役したら、日本で働きたい。それも、宮川拓也が、社長をしているウィンドー宮川で、働きたいと、日頃から漏らしていた。

ところが、シュナイダー中佐は、退役前に、ギャンブルに手を出し、日本円で、二百万円の借金を作ってしまった。親交のあった宮川拓也が、その二百万円の借金を、肩代わりしたらしい。

その後、シュナイダー中佐は、突然、帰国してしまい、アメリカに帰ったあと、除隊して、行方不明になった。

ところが、その後、厚木基地の武器庫から、二本の、C4と呼ばれるプラスチック爆弾が、盗み出されていたことが、わかった。

基地側の調べでは、F・シュナイダー元中佐が、二百万円を、宮川拓也から融通してもらったお礼として、二個のプラスチック爆弾C4を盗み出し、それを、宮川に渡したのではないかという疑いが浮上した。ところが肝心のシュナイダー元中佐が、すでに帰国し、今は民間人となり、さらに、現在は行方不明ということで、調査は、宙に浮いてしまっている。

防衛省の職員が、西本たちに、話してくれたのは、こういうことだった。

「米軍は、宮川拓也のことは、調べなかったんですか?」

西本が、きくと、相手は、

「もちろん、宮川拓也から、事情をきいたとは、いっていました。しかし、F・

シュナイダーは、行方不明だし、すでに、民間人になってしまっていますからね。宮川に、プラスチック爆弾のことなど、まったくしらないと、否定されてしまったから、それ以上、追及できなかったと、そういう回答でした。これで、よろしいでしょうか？」

「ええ、充分です。どうも、ありがとうございました」

と、西本は、礼をいった。

西本は、翌日、横浜《よこはま》の、県警本部にいき、そこで、三浦警部に会って、防衛省を通じて調べた結果を、そのまま伝えた。

「証拠はありませんが、死んだ宮川拓也が、F・シュナイダー元中佐に、二百万円を融通する代わりに、C4と呼ばれる米軍のプラスチック爆弾二個をもらったことは、間違いないと思います」

三浦警部は、うなずいたあと、

「西本さんが、若い男から渡されたという手紙がありますね。その手紙にも、宮川拓也が、プラスチック爆弾を、手に入れたと書いてありますが、それが、厚木基地の米軍将校から、宮川が、プラスチック爆弾を、手に入れたという話の、裏づけになると思いますか？」

「裏づけになるかどうかは、わかりませんが、私は、こう考えます。宮川拓也が、米軍から、プラスチック爆弾を手に入れたということをしっている人間が、たぶん何人かいて、そのうちのひとりが、私に、あの手紙を渡したんじゃないかと思うのです」

「手紙の主の動機は、何でしょう？　なぜ、そんな手紙を、あなたに、渡したんでしょうか？」

三浦が、きく。

「その点については、いろいろと、考えてみました。これも、私の勝手な想像なんですが、宮川拓也のクルーザーが、爆発して炎上し、宮川と一緒に、彼の恋人の、矢野明日香が死にました。普通に考えれば、この二人のことを、嫌っているか、あるいは二人の関係を嫉妬した人間が、クルーザーごと爆殺したと思います。手紙の主は、警察が、そう考えては困るので、わざわざ、刑事の私に、手紙を渡したと、思うのですが」

と、西本が、いった。

「捜査本部の、意見としては、何者かが、宮川拓也と、恋人の矢野明日香を嫌って、あるいは憎んで、あの日、あるいは、前日に、宮川所有のクルーザーに、プラスチック爆弾を仕かけておいた。そして、二人が、沖に出たところで、無線装置か、あるいは、時限装置でプラスチック爆弾を、爆発させて、二人を殺してしまった。今、付近の海底から、時限装置か、あるいは、無線装置が、見つからないかと思って、捜しているところですが、残念ながら、まだ見つかっていません。われわれとしては、まず第一に、宮川の妻の祥子を、疑っています。彼女は、一応、アリバイを主張していますが、時限装置が、使われたとすれば、アリバイには、何の意味も、ありませんからね。しかし、宮川拓也が、厚木の米軍基地から、知り合いの将校に、プラスチック爆弾二個を盗み出させ、それを、二百万円と引き換えに、受け取ったとすると、妻の祥子が、夫と矢野明日香の関係を嫉妬して、殺したという線は、薄れてしまいます」

「今のこの時点で、三浦警部は、今度の事件を、どんなふうに、考えておられるわけですか？」

「妻の祥子が犯人でないとすると、宮川拓也が、矢野明日香と、無理心中を考え、米軍基地から手に入れたプラスチック爆弾を、自らクルーザーにセットしておいて、現場の海域で爆発させた。その考えが、強くなってきましたね」

8

神奈川県警本部は、ダイバーや近辺の漁師に協力を仰《あお》いで、まだ、見つかっていないプラスチック爆弾の、起爆装置を、必死になって捜した。

もし、起爆装置が、無線によるものだとすれば、宮川拓也と矢野明日香は、殺された、可能性が大きくなってくる。

しかし、時計を使った時限装置が見つかれば、逆に、心中の可能性が、大きくなってくるだろう。

三浦警部は、そんなふうに、考えていた。

一週間あまりかかって、海底から、やっと、起爆装置が回収された。

それは、目覚まし時計を使った、起爆装置だった。時計の針は、爆発時刻と思われる午後三時二十分で止まっていた。

記者会見で、三浦警部が、心中説を発表すると、当然、記者たちから、質問が投げかけられた。

「警察が、この事件を、心中と考える理由は、何ですか？」

記者のひとりが、きいた。

「第一に、使われたプラスチック爆弾が、亡くなった、宮川拓也本人によって入手されたものであることが、はっきりしたからです。第二に、起爆装置として、使われていたのが、目覚まし時計だった、ということです。これが、無線を使った起爆装置ならば、真鶴周辺の丘の上から、二人が乗ったクルーザーを監視していて、二人が、乗っていることを確認してから、無線を使って、爆発させることができます。しかし、目覚まし時計を使った起爆装置だとすると、運任せの殺人になってしまいます。午後三時二十分に、爆発したことになっていますが、その時刻に、もし、宮川拓也と矢野明日香が、近くの島にでも、クルーザーをつけて、上陸してしまっていたら、二人を、殺すことは、できなくなってしまうからです。それに、午後三時二十分という、半端な時刻にセットしておいたということも、事件が殺人ではなくて、心中である可能性が、高いことを示していると、私は思っています」

「今回の爆破が、心中だとして、その動機は、何ですか？」

もうひとりの記者が、きいた。

「まず、矢野明日香の、気持ちになって考えました。明日香は二十三歳。将来性のある新進女優でしたが、宮川拓也という、妻のある男に、恋をしてしまいました。周囲の人たちの証言によると、矢野明日香は、かなり、宮川に参っていたようで、それなのに、この関係が不倫で、結婚することが、できない。そのことから、死を決意して、自殺をしたとしても、おかしくはないと、思うのです。問題は、宮川拓也のほうです。三十五歳で、ＩＴ企業で成功した、青年実業家といわれています。果たして、こんな男が自殺するだろうか？　しかし、宮川のことを、詳細に調べていくと、彼が社長をやっているウィンドー宮川という会社が最近ここにきてかなりの赤字を背負うことになっていたということが、わかりました。宮川という男は、自尊心が強く、自分の会社が赤字に転落し、現在の勝利者から、敗北者になることには、絶対に、耐えられなかった。だから、世間に真相をしられる前に、矢野明日香と、心中しようと考え、プラスチック爆弾を、手に入れたのではないかと、今、そんなふうに考えています」

「三浦警部の話をきいていると、警察は、これは殺人事件ではなくて、心中事件だと、断定しているように、受け取れますが、それでいいんですか？」

「断定した、というわけでは、ありません。われわれは、殺人よりも、心中の可能性のほうが、はるかに高い。そう考えているだけで、まだ心中と、断定するところまで、いっていません。小さなことで、まだ、はっきりとしないことがありますから。しかし、宮川拓也は、一応、現在では成功者と思われているが、最近、経営がうまくいかなくなっていた。それをしられるのがいやで、恋人と心中して、この世とおさらばしようと考え、何らかの方法で、プラスチック爆弾を手に入れた。われわれは、そう考えています。矢野明日香のほうは、あくまでも、受け身ですが、宮川のことを愛していて、どうしても一緒になれないことを、悲観して、宮川と心中を図った。そんなふうに考えています」

「今、警部は、プラスチック爆弾の起爆装置に、目覚まし時計を使っていて、その時刻が、午後三時二十分になっていた。殺人事件の場合は、そんな半端な時刻に、設定するのはおかしいと、いわれましたね？　しかし、心中事件としても、そんな半端な時刻に、設定するのは、何となく、不自然じゃありませんか？」

別の記者が、質問した。

「その点ですが、われわれは、こう考えています。殺人でも心中でも、午後三時二十分という半端な設定はおかしいと、いわれましたがね。確かに、殺人の場合は、おかしいんですよ。人を殺す場合に、爆発物の爆発時刻は、午後三時とか、午後四時とか、そういう時刻に、設定すると思うのです。なぜなら、そうした、はっきりした時刻に、何とかして、被害者を、爆発物のそばにいるように、すればいいわけですから。心中の場合は、こう考えれば、おかしくは、ないんじゃないでしょうか？　宮川拓也と矢野明日香は、心中を決意して、クルーザーに乗って、沖に出ました。目撃者の話によると、甲板にいた二人は、キスをしていた。その後、二人は、キャビンに入っていって、その直後に、爆発が起こったと、証言しているのです。その時の二人の心理状態を、こう考えたのです。宮川拓也と矢野明日香は、甲板からキャビンに入っていった。そうして、二人で、これから死のうと決意を、再確認した。決意してすぐに、死にたいと思い、目覚まし時計の針を、三時二十分に合わせ、これから死のうと、二人で、誓い合ったのではないでしょうか？　だから、そのすぐあと、三時二十分に爆発時刻を、設定したとしても、別におかしくはないと、思うのですよ。こう考えてくると、殺人よりも、心中のほうが、納得できる。私は、そう考えるんですよ」

9

次の記者会見で、神奈川県警は、正式に、この事件を、殺人ではなく、心中だと、考えると、発表した。

警視庁捜査一課にも、この結論は、すぐしらされた。もちろん、湘南沖の事件は、神奈川県警の所管だから、警視庁の刑事が、何かをいう立場にはない。

ただ、協力要請が、あった事件なので、十津川は、西本に向かって、

「君の考えをききたいな。神奈川県警の結論を、どう思うね？　心中という結論に至った一つの理由は、使用された爆発物が、宮川本人が、米軍から、手に入れたプラスチック爆弾だということになっているから、それを調べた、君の意見が、ききたいんだ」

「私は、今まで、間違いなくこれは殺人で、心中のように見せかけて、宮川拓也と、恋人の矢野明日香を、殺したと思っていました。犯人は、宮川の妻の祥子ではないかと考えました。動機は、嫉妬です。祥子は、当日、東京の自宅マンションにいたといっていますが、現時点で、確認されておりません。ひとりでいたわけですから。私は、宮川祥子が犯人だとすれば、その時、丘の上の別荘にいて、爆発して、炎上するクルーザーを、じっと、見ていたのではないかと、考えました。しかし、問題のプラスチック爆弾を、手に入れたのは、亡くなった、宮川拓也であることがわかった時、私も、神奈川県警と、同じように、これは、宮川拓

也と矢野明日香の心中事件だと、考えるようになりました。二人は、覚悟を決めて、クルーザーに乗って、沖に出て、そこで、プラスチック爆弾を爆発させて亡くなった。私も、そう考えたんです」

その日、西本は、恋人の塚本恵と待ち合わせて、新宿《しんじゆく》のシーフードレストランで、夕食を、ともにすることにした。

新宿西口の、超高層ビルの、二十八階にあるレストランである。

窓際に腰をおろすと、眼下に、夜の東京の街が広がり、ネオンや、あるいは車のライトが夜の海に、浮かんでいるように見える。

それを、見下ろしながら、食事をしたのだが、恵は、西本に向かって、

「あの日のことを、どうしても、思い出してしまうわ」

「そうだな。あの店も、ここと同じように、シーフード中心の、イタリアンレストランだったからな」

「そういえば、あの事件、殺人ではなくて、心中に、決まったんですってね？」

「捜査に当たっていた、神奈川県警が、心中と断定したんだ」

「殺人ではなく、心中と断定した理由は、何なのかしら？」

「第一の理由は、爆発に使われた、爆薬がプラスチック爆弾で、死んだ片方の宮

川拓也が、米軍基地から手に入れたものだということ。第二は、爆発には、目覚まし時計の起爆装置が使われていて、その時刻は、午後三時二十分という、少しばかり、半端な時刻に設定されていたということ。第三には、宮川が社長をやっているIT企業、ウィンドー宮川が、最近になって経営がうまくいかず赤字を出していたこと。第四は、相手の矢野明日香が、宮川が好きなのに、結婚できないことで、将来を悲観していた。この四つの理由から、神奈川県警は、覚悟の心中、覚悟の自殺と、断定したんだ」

「西本さん自身は、どう思っているの？　西本さんも、やっぱり、心中だと？」

「最初は、殺人だと思っていたけど、だんだん、いろいろなことがわかってくると、神奈川県警の見解に賛成で、今は、覚悟の上の、心中だろうと思っている」

恵が、黙ったままで、西本を、見つめている。

「君は、不満のようだね」

「ええ、その結論には、少しばかり、首をかしげたくなるわ」

「その理由は？」

西本が、きいた。

「事件があった直後だけど、死んだ矢野明日香さんの服装が、新聞に載っていたの。ジーンズにスニーカー、そして、白いウールのセーターを着ていたって。私たちが、あのレストランから見た時も、間違いなく、甲板に出ていた彼女の服装は、その新聞記事に、書かれていたのと、まったく同じだったわ。白いセーターにジーンズ、そして、スニーカー」

「その服装のどこがおかしいわけ?」

「おかしいわよ」

「でも、彼女、二十三歳と若いんだから、そうした、カジュアルな服装のほうが、似合っていると思うけどね。それに、これから、クルーザーに乗ろうというんだから」

「クルーザーに乗って、例えば、伊豆の大島にでもいくのだとしたら、確かに、その服装でも、いいと思うわ。でも、心中なんでしょう? それも、覚悟の心中。その時、女性、特に若い女優さんのような人は、自分の持っている一番、華やかで、豪華な服装を、すると思うの。もし、私が、西本さんと、心中するとしたら、普段着ではしないわ」

「それが、女性の、心理というものかね?」

「ええ、私は、そう思うの。もし、これが、隠れて、好きな男の人と、クルーザー遊びをするというのなら、その時は、逆に、目立たない服装をすると思うの。それなら、セーターとジーンズと、スニーカーでいいんだけど、覚悟の自殺なら、違うと思う。特に若い女性は、一番気に入った服、一番豪華な服を着て、男性と一緒に、死にたいと思うはずだわ」

と、恵はいった。

西本刑事が、その話を、十津川にすると、十津川は、しばらく、考えてから、

「塚本恵君の考えは、気に入ったよ。いかにも若い女性らしい考えで、死んだ、矢野明日香の心理を、摑んでいるんじゃないかな」

「私は、どうしたら、いいでしょうか？」

「明後日、神奈川県警は、捜査本部を解散する。今回の事件は、神奈川県警で、心中事件、自殺と、断定されたからね。しかし、今、君の話、というか、塚本恵君の話を、きいていると、これは、心中ではなくて、殺人事件だと思えてきた。私から神奈川県警に、電話をしてもいいが、それより、君と塚本恵君が、二人でいって、三浦警部に、直接話をしたほうが、いいかもしれない。すぐ、彼女を連れて、いってきたまえ」

十津川は、命令した。

西本刑事は、塚本恵を連れて、捜査本部のある、小田原署に向かった。

西本は、三浦警部とは、顔なじみである。というより、今回の捜査は、西本刑事と、恋人である塚本恵の目撃証言で、始まったといってもいいのだ。

それだけに、三浦警部は、温かく、西本と恵を迎えたが、いざ、西本が、恵の話を伝えると、さすがに、その顔色が変わった。

三浦は、すぐに、刑事たちを集めて、捜査会議を開いた。

集まった刑事たちの顔色も、話をきくと、険しくなっていった。何しろ、捜査本部として、殺人ではなく、心中事件と断定したのに、それに対して疑問が持たれてきたと、三浦がいったからである。

もちろん、刑事のなかには、反対意見を持つ者もあって、

「彼女の話は、面白いですが、だからといって、今回の事件を、殺人とは、断定できないんじゃありませんか？　ただ単に、死んだ、矢野明日香の服装が、おかしいというだけですから」

それに対して、恵が、いった。

「私の親しい友人の友だちに、たまたま、矢野明日香と同じRプロダクションに所属している、新人の女優がいるんです。彼女に電話できいたら、矢野明日香さ

んは、よく、宮川さんのことを話していて、誕生日に、彼から贈られたシャネルの服を自慢し、何かというと、その服を着てきたと、いっているんです。これから、好きな男性と、心中しようとする時、そのシャネルの服を、着ていかなかった。普段着だったというのは、女性の心理として、いかにも、おかしいと思うのです。そうでしょう？　一緒に死のうと、思っている相手にもらったのが、自慢をしていたシャネルの、服なんですから」

「もし、これが殺人とすると、第一の容疑者は、宮川拓也の妻、祥子ということに、なりますが、彼女は、事件当日の、アリバイを主張していますよ」

刑事のひとりが、三浦に向かって、いった。

「しかし、そのアリバイは、それほどしっかりしたものじゃないんだろう？」

と、三浦は、いってから、

「とにかく、心中という見方に、疑問が湧いてきたことは、間違いないんだ。したがって、明日、明後日の二日間、もう一度、この事件を徹底的に、洗い直してみることにする。もし、間違えたら、神奈川県警の威信に、かかわるからな」

と、きっぱりと、いった。

10

すでに、夜に入っていた。

西本は、三浦に、

「どこか、小田原周辺に、お気に入りのホテルか旅館がありますか？」

と、きかれて、

「どこでも、結構ですよ」

と、答えたが、恵は、

「私には、泊まりたいところが、あるんです」

「どこですか？」

三浦が、きく。

「亡くなった、宮川拓也さんの、丘の上の別荘。あそこに、泊まりたいんです」

「どうして、あの別荘に泊まりたいんですか？」

「もう一度、あの別荘から、湘南の海を見てみたいんです」

「それだけですか？」

「もう、あの別荘は、写真も撮ったし、指紋も採取したんでしょう？　それなら、宮川さんの奥さんに内緒で、今夜一晩だけ、私たちを泊めてください。ああいう別荘には、泊まったことがないから」

恵が、真顔《まがお》で頼んだ。

「変な探偵ごっこをされちゃ、困るよ」

西本が、小声で、恵に、いった。

三浦は、その後、しばらく考えていたが、

「私は今の話をきかなかったことにしましょう。お二人で、勝手に、泊まってください」

意外な答えを、口にした。

西本のほうが、驚いてしまって、

「本当にいいんですか？」

「あの別荘は、今度の事件の、現場ではありませんし、いいも悪いも、私は何もきいていませんからね」

三浦は、そういってから、急に声を潜めて、

「あなたの恋人は、どうやら、あの別荘に泊まって、何か、調べたいんじゃない

ですかね？　頭のいい女性だから、服装のほかにも、殺人の証拠を、摑んでくれるかも、しれませんよ」

冗談とも、期待ともつかない言葉を、口にした。

別荘にある寝具を、使ってはまずいだろうと西本は思い、二つの寝袋を用意して、そのなかに入って眠ることにした。

二人は、まず、海の見える、ガラス張りのリビングに入った。

部屋の明かりを消すと、より、月の明かりが、鮮やかになって、湘南の海が、青白く、光って見える。

どんな事態にも、対応できるようにするため、恵は一階で、西本は、二階で眠ることにした。

階段をあがりながら、西本は、

「部屋のなかのものには、何も触るなよ」

と、いった。

恵は、十二時頃まで起きていたが、その後、寝袋に潜りこんで、部屋の電気を、消した。

11

がたがたという音に、恵は、目を覚ました。

何か、物音がする。

暗闇のなかで、恵は、じっと、耳を澄ませた。

ふいに、小さな、懐中電灯の明かりが、部屋の奥のほうで、光った。

恵は、そっと、寝袋から抜け出すと、壁のそばまで移動した。そこに、照明の、スイッチがあったのを、覚えていたからである。

「誰なの？　誰かいるの？」

恵は、大声を出した。

懐中電灯の明かりが消え、また、暗闇が広がった。

恵は、すばやく、壁のスイッチを押し、照明をつけた。

眩《まぶ》しい光が、リビングルームを照らす。

恵は、その眩しさに、目をしばたいてから、部屋の隅を、じっと睨んだ。

そこに立っていたのは、宮川拓也の妻、今は、未亡人となった祥子だった。

「そこで、何をしているんです？」

恵が、声を尖らせた。

祥子は、急に、身構えると、

「あなたのほうこそ、ここで、何をしているの？　私は、この別荘の、持ち主なんですよ。持ち主の私が、ここにいるのは、当然じゃありませんか？」

「でも、その持ち主が、どうして、夜中に、こそこそと忍びこんだりするんですか？」

二人の女性の、いい争う声で、目を覚ましたのか、二階から音を立てて、西本が、おりてきた。

西本は、懐中電灯を持って立っている祥子に向かって、

「こんな夜遅く、何をしているんですか？」

「この女にも、いったんだけど、私は、この別荘の持ち主なんですよ。持ち主の私が、自分の別荘で、何をしようが、自由じゃありませんか？」

「しかし、それならどうして、泥棒みたいに忍びこんだんですか？」

恵が、大声で、いった。

西本が、彼女に向かって、

「すぐ一一〇番してくれ」

「やめなさい！」

祥子が、ふいに、大声で叫んだ。

「構わないから、一一〇番して！」

西本も、負けずに、いう。

その時、突然、裏の勝手口から、人影が入ってきた。

背の高い男だった。

男は、棍棒《こんぼう》のようなものを、持っている。そのまま、西本の背後から、近づいてくる。

それに、気づいた恵が、

「危ない！」

と、叫んだ時、男が、棍棒を、振りおろした。

西本が、唸り声をあげて、床に転がってしまった。

「彼女を、押さえて！」

祥子が、棍棒を持った男に、いった。

男が、再び棍棒を、振りあげて、今度は、恵に、近づいてくる。

恵が、思わず、後ずさりした時、横のドアを蹴破《けやぶ》るようにして、男が二人、飛びこんできた。

ひとりは十津川で、もうひとりは、亀井だった。

「全員動くな！」

亀井が、怒鳴るように、いった。

12

神奈川県警の刑事たちも、別荘に集まってきた。

祥子は、何をしに、こそこそと、自分の別荘に忍びこんだのか？　その理由を、話そうと、しない。

連れの、三十歳ぐらいの、若い男のことも、喋ろうとは、しない。しかし、三浦は、

「十津川警部と、亀井刑事は、どうして、こんな夜中に、この別荘に、きていたんですか？」

と、そのことのほうを、問題にした。

「西本刑事が、私に、連絡してきたんですよ。神奈川県警が、事件を再捜査することになった。今夜は、恋人と二人で、例の別荘に、泊まってみることにしたと、そういうんです。それをきいて、不安になりましてね。殺人事件なら、犯人がいるはずでしょう？　私は、宮川祥子さんが、計画した、殺人事件と考えていましてね。その犯人にしてみたら、心中事件と断定されたので、安心していたら、再捜査が、始まるという。それをしれば、犯人にしてみれば、危険が近づいてきたような気に、なるんじゃないか？　私は、そう思ったので、二人のことが、心配になりましてね。亀井刑事と二人、この別荘の近くで、様子を、見ていたんです。そうしたら、二人の人間が、裏口から、別荘に忍びこんだ。その後、大声がきこえたので、なかに飛びこんだんですよ」

十津川が、説明した。

西本刑事は、頭に包帯を巻き、まだずきずきする痛さに、顔をしかめている。

「あなたは、自分の別荘に、まるで忍びこむように入った理由を、いってください。連れの男の身元も、話してほしい」

三浦警部が、ふて腐れている祥子に、向かって、いった。

十津川は、脅かすように、男を睨んで、

「君は、殺人未遂で、逮捕されるぞ。そんな固い棍棒で、いきなり、西本刑事を、殴ったんだからな。彼が死ななかったのは、幸運だったんだ。もし、殺人未遂で、起訴されて裁判になれば、間違いなく、有罪だ」

「僕は、殺す気なんて、なかったんだ」

と、男が、いう。

「じゃあ、どうして、殴った？　なぜ、そんな棍棒を、持っているんだ？」

「宮川祥子さんに、頼まれたんだ」

「用心棒代わりか？　しかし、宮川祥子さんは、自分の別荘なんだから、咎められることはないといっている。どうして、自分の別荘に、入るのに、用心棒が必要なんですかね？」

十津川は、今度は、祥子に、目をやった。

「深夜に忍びこんで、何か探し物をしていたんじゃないですか？」

そういったのは、亀井だった。

「どうなんですか？」

三浦警部が、きいたが、相変わらず、祥子は、黙っている。

「双眼鏡だわ！」

突然、恵が、叫ぶように、いった。

「双眼鏡？」

三浦警部が、おうむ返しに、いう。

「ええ。双眼鏡です。出窓のところに、置いてあるじゃないですか？　あの双眼鏡を、奥さんは、取りにきたんですよ」

「どうなんですか？」

三浦が、もう一度、祥子に、きいた。

祥子は、相変わらず、ふて腐れたような顔で、

「その双眼鏡は、前からずっと、この別荘にあるものですよ。主人が、海を見るんだといって、買ってきた双眼鏡です。それが、出窓のところにあったって、何の不思議もないでしょう？　そんなもの、私は、わざわざ、取りにきませんよ」

「その双眼鏡の指紋は、調べたな？」

三浦が、部下の刑事に、きいた。

「ええ、鑑識が、調べましたよ」

「それで？」

「宮川祥子さんの指紋しか、ありませんでした。しかし、彼女の指紋があったと

しても、おかしくはありませんね。ここの別荘は、彼女のものなんですから」

若い刑事が、したり顔でいうと、

「馬鹿！」

三浦が、叱りつけるように、大声を出した。

「双眼鏡に、彼女の指紋しかないことが、問題じゃないか。彼女は、今、夫の宮川が買ってきたといった。それなら、死んだ宮川拓也の、指紋もついているはずだろう？　それが、彼女の指紋しかついていないということは、彼女が最近持ちこんだんだ。何かを見るために、置いておいたんだ」

「彼女は、たぶん、双眼鏡を買ってきて、ここから、あの日、夫の宮川と恋人の矢野明日香の二人が、クルーザーで、海に乗り出すのを、じっと、見ていたんじゃありませんか？」

十津川が、いったとたん、

「弁護士を、呼んでください！」

祥子が、悲鳴に近い声をあげた。

「この双眼鏡は、重要な意味を持っていると思います」

宮川祥子たちが、リビングルームから連れ出されたあと、十津川は、三浦に、いった。

「三浦さんも、いったように、双眼鏡は最近、持ちこまれたものです。宮川祥子によってです。大胆に推理すれば、事件当日、彼女が持ちこんだと思いますね。ここから、双眼鏡で、沖を見ていたんです。爆発、炎上するクルーザーも、もちろん、双眼鏡で見ていたと思いますね」

「しかし――」

と、三浦は、首をかしげて、

「私も、事件の日、ここから、宮川祥子が、双眼鏡で、クルーザーを見ていたのではないかと思いますが、それは、彼女の嫉妬の強さを示しても、彼女が犯人だという証拠にはなりませんよ」

「プラスチック爆弾は、クルーザーのどこに仕かけられていたんですか？」

「船底だといわれていますが――」

「それでわかります」

「何がです？」

「宮川祥子が、何のために双眼鏡を使ったかですよ」

「わかるように、説明してください」

「事件の日、宮川祥子が、ここにいたことは、間違いないと思っています。手に双眼鏡を持ってです。最初の理由は、夫と、恋人が、クルーザーで海へ出ていくのを監視するためでしょう。その一方、彼女は、プラスチック爆弾が、クルーザーの船底に仕かけられていることを、しっていたと思いますね。時限装置は、午後三時二十分になっていることもしっていた。もちろん、仕かけたのは、彼女ではなく、西本刑事を殴った男でしょうね。彼女は、ここから、双眼鏡で、沖のクルーザーを見ていた。三時二十分に、爆発するのを、じっと待っていたと思うのです。ところが、二人は、甲板にいた。プラスチック爆弾は、船底に仕かけてあるので、爆発しても、甲板にいる二人は助かってしまうかもしれない。それに、三時二十分が近づいてくる。祥子は、いらいらしたと思いますね。その時、双眼鏡が役に立ったんですよ」

「どんなふうにですか？」

「双眼鏡は、レンズが光りますからね。そのとき、宮川と明日香は、丘の上の別荘から、双眼鏡で、見られていることに、気がついたんだと思うのです。こっちを見張っているのは、祥子だと、すぐわかったはずです。自分たちが、祥子に双眼鏡で監視されていると気づいて、慌てて、キャビンに隠れた。その直後に、ドカーンです。もし、祥子が、双眼鏡で見ていなかったら、宮川と明日香は、そのまま甲板にいて、爆発があっても、二人は、負傷しただけで、助かったかもしれませんね」

と、十津川は、いった。

13

その後、宮川祥子が、自供した。

「夫の宮川が、矢野明日香と、浮気をしていることは、前からしっていました。夫は、どんどん彼女に、溺れていって、そのせいかもしれませんが、今まで順調だった会社の業績も、赤字になってきてしまったんです。だから、私は、癪に障って、宮川の秘書の前田晃《まえだあきら》と、関係したんです。その前田が、私に、話してくれました。宮川社長は、どうやら、つき合いのある、米軍の将校から、プラスチック爆弾を手に入れた。きっと、それで、あなたを爆死させる気だ。そう教えてくれたんですよ。だから、私は、決心しました。宮川が手に入れたプラスチック爆弾で、逆に、宮川と、恋人の矢野明日香を、吹き飛ばしてやろう。そんな気でいたところ、事件の前日の夜、宮川が、矢野明日香に電話をしているのを、立ちぎきしたんです。明日、午後三時に、二人でクルーザーに乗って、沖に出よう。そして、誰もいない海の上で、将来のことを相談しようじゃないかと、そんなことを、ぬけぬけと、宮川は、いっているんです。そこで、私は、夜遅くなってから、前田に手伝ってもらって、クルーザーの船底にプラスチック爆弾を仕かけました。起爆装置の目覚まし時計の時刻は、三時二十分に、したんです。三時二十分にしたのは、午後三時にクルーザーに乗って、そのまま沖に出ていけば、おそらく、二十分ぐらいで沖に出て、船を停めて、夫は恋人の明日香と二人で、いろいろと話し合うだろう。たぶん、その時、私を殺すことを、相談するのではないか？　そう思ったから、三時二十分にしたんです。そして、三時に双眼鏡を持って、別荘に入りました。リビングで、双眼鏡を使って沖を見たら、間違いなく、クルーザーが沖に出ていました。甲板で、二人がキスをしていたのも、ちゃんと見ていました。もう、その時は、別に嫉妬も何もなかった。どうせ、あと十数分後には、二人とも死んでしまうんだから。ただ、二人が、甲板でなく、キャビンにいてくれたほうが、確実に死ぬのにと思って、見ていました。そうしたら、突然二人は、キャビンに入り、計画どおり、三時二十分にクルーザーが大爆発を、起こしたんです。私は、ここにいては怪しまれると思って、裏に駐めておいた車に戻って、すぐ、東京に帰りました。その時、興奮していたので、肝心の双眼鏡を、リビングの出窓のところに、忘れてしまったんです。その後、捜査を担当する神奈川県警が、二人の心中と断定して、記者会見まで開いて、発表したので、私は、ほっとしていたんです。ところが、突然、雲行きが怪しくなって、神奈川県警からの連絡で、捜査を、やり直すというじゃありませんか。そうなると、あの双眼鏡が、まずいことになるかもしれない。そう思って、今夜、忍びこんだんです。夫の宮川と、恋人の矢野明日香を、プラスチック爆弾で吹き飛ばしたことは、今でも後悔はしていません。何しろ、夫の宮川のほうが先に、私を裏切って、恋人を作った上に、プラスチック爆弾を手に入れ、それを使って、私を殺そうと考えていたんですからね」

西本に、突然、手紙を渡した若い男の身元もわかった。

名前は、浅井守《あさいまもる》。二十五歳。米軍厚木基地で働いていて、シュナイダー元中佐の身の回りの世話をしていた。そのため、宮川が、よく元中佐に会いにくることもしっていた。

その後、基地の様子を見ていると、宮川が、シュナイダー元中佐の力で、プラスチック爆弾を手に入れたらしいと、想像できた。

その後、あの事件が起きた。

浅井は、前から、女優矢野明日香のファンだったから、彼女の名誉を守ろうと思い、あんな手紙を書いて、刑事の西本に渡したと、証言した。

今も、西本は、時々、恋人の恵と一緒に、湘南海岸を、ドライブしている。

恋と復讐の徳島線

1

十津川の家の近くに、青蛾《せいが》書房という小さな本屋がある。

十津川は、休みの時の散歩の途中で寄ったり、駅近くにあるので、早く帰宅した時に寄ったりしていた。本を探す楽しみもあるが、もうひとつ、この店の主人と話をするのも、楽しみだった。

名前は、藤岡正司《ふじおかせいじ》。年齢は、還暦をすぎたといっていた。

小柄で、髪の毛は半白になっている。店の奥で黙って座っていると、とっつきにくい感じだが、話してみると、意外に気さくだった。

それに、最近の若い男女は本屋で働いていても、本の知識に詳しくない。レファレンスがまったくできないのだ。

その点、若い時文学青年だったという藤岡は、今も読書家で、十津川がほしいという本をすぐ探し出してくれるし、店になければ注文してくれる。

それだけでなく、じっくりと話しこむと、藤岡の話は、十津川には面白かった。十津川のしらない戦前、戦中の話も楽しいし、藤岡のしっている作家の思い出話も面白かった。

つき合って半年もすると、藤岡のことも少しずつわかってきた。自分のことをあまり話したがらない男なのだが、それでも話の端々に、ちらりと彼の過去が覗き見できるのだ。

十津川にわかったのは、藤岡の出身が四国《しこく》だということ、上京し、現在の本屋になった。結婚し、子供をもうけたらしいが、今はひとりで生活している。離婚したのか、死別したのかは喋ろうとしないし、十津川もきかずにいる。

藤岡は、シャム猫のオスを一匹、飼っていた。藤岡は、二歳ぐらいだろうという。なんでも、去年の正月、突然迷いこんできて、居ついてしまったのだそうである。

シャム猫はスマートだというが、ここのシャム猫は藤岡が餌をやりすぎるのか、太っていてのそのそと歩く。

「あいつは気ままで、ふいといなくなると、二、三日、帰ってこないんですよ」

と、藤岡は、いう。

時には、シャム猫を見かけないことがあるが、あれは気ままな旅に出ているのだろう。

藤岡のほうは、第一、第三日曜日の定休以外、めったに休まなかった。

「若い時は気ままな生き方をしましたが、この年齢になると、もうこれといって、いきたい場所もありませんしね」

と、藤岡は、十津川にいった。

その藤岡が、六月になって、ウィークデイに店を休んだ。

六月十五日に、いつものように帰りに寄ってみると、店は閉まっていて、

〈都合により休ませていただきます　店主〉

と、貼り紙がしてあった。

翌日、出勤の途中で寄ってみると、貼り紙はそのままになっている。

(まだ、留守なのだろうか?)

と、思っていると、猫の鳴き声がした。裏に回ってみると、勝手口のところで、あのシャム猫が戸をがりがりやっている。

そのうちに諦めたのか、急に走り出して姿を消してしまった。

この日、これといった事件がなくて、十津川は五時に退庁すると、帰りにもう

一度、青蛾書房に寄ってみた。

店が開いていて、いつものとおり、奥にはちょこんと、小柄な藤岡が座っていた。

十津川は、ほっとしながら奥に入っていき、

「今朝も閉っていましたが、どこかへお出かけだったんですか？」

と、きいた。

藤岡は、いつものようににこにこ笑いながら、

「それが、鬼の攪乱《かくらん》というやつで、夏風邪をひいて熱が出ましてね。二階で丸一日、うんうん唸っていましたよ。今日の昼になって、やっと熱が下ったので、店を開けたわけです」

「そうですか。大変でしたねえ」

と、いってから、十津川は猫のことを思い出した。

「あのシャム猫は、どうしてました？」

と、きいた。

藤岡は、隅で居眠りをしている猫に、ちらりと目をやってから、

「ずっと枕元にうずくまっていましたねえ。忠実な奴だと、見直したんですが、

あいつにしてみれば、餌をくれなくなったら困ると、それを心配していたのかもしれません」

と、いった。

(ちょっと、おかしいな)

と、思ったが、十津川は、別に咎めることでもないので、

「そうですか。あの猫は、名前をきいていませんが、何というんですか?」

「名前はありません。あいつとか、うちの居候とかいっていますが――」

「そうだ。今日は、猫の飼い方を書いた本を買っていこうかな」

「猫をお飼いになるんですか?」

「こちらの猫を見ていると、飼いたくなってきましてね」

と、十津川は、いった。

2

十津川は「猫百科」という千五百円の本を買って、家に帰った。写真が多く、見ているだけでも楽しい本である。それを見ながら、十津川は、なぜ、藤岡が嘘

をついたのだろうかと考えた。

今朝見たシャム猫は、明らかに閉め出されていたのだ。

藤岡は、風邪をひいて熱にうなされていたといった。眠ってしまったあと、猫は外へ出てしまったのではないか。

（だが、それなら、猫は出たところから家のなかに戻れるはずである。それなのに、今朝見たとき、猫はなかに入れずに、戸を引っ掻いていた――）

と、考えてきて、十津川は急に、

（いかん、いかん）

と、頭をふった。どうも刑事根性が出てしまって、つまらないことを、詮索してしまう。

たかが猫のことで、これは殺人事件に絡んでいるわけでもないのだ。

「何を、にやにや笑っていらっしゃるの？」

と、妻の直子が、きいた。

「猫を飼おうかと思ってね」

「へえ。猫を？」

直子は傍らにきて、本の写真を覗きこんだ。

直子は、写真の一枚一枚に、可愛いと声をあげ、結局デパートへいって子猫を買ってくることになった。

「できたら、シャム猫がいいね」

と、十津川は、いった。

二日して、直子は、可愛いシャム猫のメスを買ってきた。生まれて、三カ月くらいだという。

首にピンクのリボンを巻き、小さな段ボールの箱のなかで、丸くなって眠っていた。

次に、藤岡に会ったとき、十津川は猫のことを話した。

「とにかく、家内が大変です。ちょっと様子がおかしいといっては、獣医さんを呼ぶんです。おかげで、うちの近くに犬猫病院があるのをしりましたよ」

と、十津川がいうと、藤岡は例によってにこにこしながら、

「そのくらいの子猫だと、可愛いでしょう」

「確かに可愛いですねえ。こんな可愛いものがあるとはしりませんでした」

「十津川さんは、子供がいないからかな」

「そうかもしれません」

「子供は、可愛い時期が長いですが、猫はすぐ大きくなってしまいますよ」

　と、藤岡は、いった。

「そうですかねえ。なかなか大きくなりそうもなくて、気になるんですが」

「一年もしたら、成猫ですよ。そうなるとさかりがついて、すごい声で鳴きますよ」

　と、藤岡は、脅かすようにいった。

「そうなったら、どうしたらいいんです？」

「子供を産ますか、不妊手術をしたらいいんじゃないですか」

「その時には、藤岡さんの猫と夫婦にさせて下さい」

「どうぞ、どうぞ。ただ、うちのあいつは、迷いこんできた猫で、血統書つきというわけにはいきませんよ」

　と、藤岡は、いった。

　その猫が、十六日の朝、閉め出されて鳴いていたことをきいてみたいと思ったが、やめてしまった。

　藤岡のプライバシーに入りこむのがはばかられて、好奇心を抑えたのである。

藤岡も、十津川のことをほとんどきこうとしなかった。十津川自身が、刑事であることを話したから、それはしっているはずだが、彼の家庭のことを詳しくきいたこともない。

むしろ、十津川のほうが、藤岡のことを、あれこれききたがった。一番気になるのは、藤岡の家族のことである。よく藤岡は天涯孤独だというのだが、そうなった経過をしりたかったのだ。

「本当にご家族はいないんですか？」

と、十津川は、きいたことがある。病気の時に困るのではないかと、思ったからだった。

その時も、藤岡は笑って、

「家族がいたって、死ぬ時はひとりですからね」

と、いった。それをどういう意味でいったのか、十津川にはわからなかった。比喩としていったのか、それとも本当に天涯孤独で、ひとりで死んでいく気でいるのか、わからない。

「私とこうやって話している時、藤岡さんが倒れたら、誰にしらせたらいいんですか？」

と、きいたこともある。

その時だけは、さすがに笑わずに、

「誰もいませんよ。本当に、天涯孤独ですから」

と、藤岡は、いった。

「たいした財産もありませんから、私が死んだら、あいつに残してやりますよ」

と、藤岡は、笑ったこともある。あいつというのは、居候のシャム猫のことだった。

もちろん、十津川は、そんな話ばかりしていたわけではなかった。昔の作家の話、本の話、それに世の中のことが話題になり、楽しかったのだ。

一週たった六月二十三日に、また、

〈都合により休ませていただきます　店主〉

の貼り紙が出た。

この時、猫のことが心配になって、十津川は翌朝、自分の家の餌を持って青蛾書房に寄ってみたが、猫の鳴き声はしなかった。

二階を見あげたが、窓には白いカーテンがおりていて、なかの様子はわからない。

心配になったが、声をかけるのもプライバシーに踏みこむようで、十津川はそのまま出勤した。

その日、帰りに寄ってみると、この間と同じように、店は開いていた。

顔を覗かせると、藤岡が奥から出てきて、

「どうも――」

「また、夏風邪ですか？」

と、十津川がきくと、藤岡は、十津川を座敷にあげ、お茶を淹れてくれながら、

「最近、腰のあたりが痛かったりするので、温泉にいってきましたよ。野沢《のざわ》温泉にね」

と、いった。

「いいですねえ。私も時々、ひとりでゆっくりと温泉につかってきたいと思うことがありますよ」

と、十津川は、いった。それは本音だった。

「野沢温泉には、よくいかれるんですか？」

と、十津川がきくと、藤岡はお土産に買ってきた野沢菜を出してくれながら、

「いいですよ、あそこは。私は昔ふうの温泉が好きなんです。今はやりの変な医療施設みたいになっていないのがいいですね。クアハウスとかいうんですか。ああいうのは嫌いでしてね」

と、いった。

「日本の温泉はあくまでも温泉らしく、ということですか？」

「そうですよ。私なんかは温泉自体も楽しいですが、その温泉町のもっている風情も楽しみたいですからねえ」

と、藤岡は、いった。

「同感ですね。地方で昔の風情がなくなっていくのは悲しいですからね」

と、十津川はうなずきながら、頭のどこかで、

（おかしいな）

とも、思っていた。

野沢温泉について、誰かに別の感想をきいたのを思い出したからだった。

青蛾書房を出て、自宅に向かって歩いているうちに、それが妻の直子だったと

気づいた。

夕食の時に、十津川は、

「君は、今年の一月に、野沢温泉にいったね？」

と、きいた。直子は、子猫を膝の上で遊ばせながら、

「ええ。大学時代のお友だちと四人で。このミーがいるから、これからは長い旅行はできないわね」

「ミー？」

「この子、平凡だけど、ミーコって名前にしたのよ」

「野沢温泉だけど、クアハウスがあったって、いってたね？」

「ええ。トレーニングルームがあったり、温泉プールがあったり、いわば多目的温泉といったところね。名前は確か『クアハウスのざわ』といったはずだわ」

「野沢では、目立つ存在なのかね？」

「大きく宣伝していたわ」

「そうか。やっぱり」

「野沢温泉が、どうかしたんですか？」

と、直子が、きいた。

「いや、何でもないんだ」

と、十津川は、慌てていった。

十津川は、どう考えたらいいのだろうと、悩んでしまった。

藤岡は、野沢温泉へいっても、クアハウスの存在に気がつかなかったのかもしれない。

野沢温泉では、若者にきてもらうためにクアハウスを始めたのだろうし、大きく宣伝もしているのだろう。しかし、だからといって、野沢にいった人が必ず〈クアハウスのざわ〉の存在に気づくとは限らない。いきつけのホテルか旅館があれば、タクシーでまっすぐそこへいってしまい〈クアハウスのざわ〉のことなど関知しまい。

だが、藤岡が、昨日野沢温泉にいっていなかったら?

クアハウスなどなかった頃の野沢温泉しかしらずに、あんなことをいい、野沢菜は東京駅の各県名産品売り場か、デパートで買ってきたのかもしれない。

そこまで考えてきて、十津川は、自分がいやになってきた。藤岡が嘘をついたとしても、別に犯罪ではないのだ。それに人間というやつは、時々嘘をつくものだ。

3

翌日、出勤してすぐ、徳島《とくしま》県警から協力要請がきた。

電話してきたのは、県警の若木という警部である。

「岩崎伸《いわさきしん》という男のことを調べていただきたいのです。所持していた運転免許証によると、年齢は二十五歳で、住所は東京都杉並《すぎなみ》区××町のヴィラ高山406号室になっています」

と、若木は、いった。

「殺人ですか？」

「殺人の可能性が八十パーセント、残りの二十パーセントは事故死です。徳島線の鴨島《かもじま》という駅から、車で二十分のところに、御所《ごしょ》温泉というのがあります。この近くに渓谷がありましてね。そこにうどん屋があり、岩場でうどんを食べさせるんです。岩崎伸は、そこでうどんを食べていたんですが、渓流に落ちて死亡しました。誤って落ちたのか、あるいは突き落とされたのかは、まだ断定できずにいます」

と、若木は、いう。

「しかし、県警としては、他殺の線で動いているわけですね？」

「そうです。事件が起きたのは、一昨日、二十三日の午後四時頃で、男が、渓流に落ちて死んでいるのが発見されました。その時点では、誤って岩場から落ちて溺死したと思われたのですが、その後、後頭部に裂傷があること、溺死ではなく、頭蓋骨陥没によるものとわかりましたので、他殺の線が濃くなったわけです」

「午後四時に死んでいるのが発見されたとすると、死亡したのはもう少し前ですね？」

「午後三時半頃だと見ています。岩崎伸の顔写真と、現場の写真を送ります」

と、若木警部は、いった。

その二つが、電送されてきた。

顔写真のほうをコピーして、西本と日下の二人の刑事に持たせて、自宅マンションにいかせてから、十津川は四国の地図を広げてみた。

徳島線は、土讃《どさん》線の佃《つくだ》から、徳島に向かうルートである。四国第一の吉野川《よしのがわ》に沿って走るルートといってもいい。

いくつかの駅のなかには、受験生に人気のある学駅《がく》もある。この駅の入場券を五枚持って「五入学」というわけである。

県警の若木警部がいった鴨島駅は、学駅の三つ手前である。徳島から数えると九つ目の駅である。

地図で見ると、鴨島駅から国道318号線を北に向かうと、御所温泉の文字がある。

どうやら、現場はこのあたりらしい。

送られてきた写真によると、岩場の多い渓谷が写っている。この岩場で、うどんを食べさせるのか。

「景色のいいところみたいですね」

と、亀井刑事が、覗きこんだ。

「観光案内によると、近くに霊山といわれる剣山《つるぎさん》があったり、吉野川の侵食作用で生まれた土柱《どちゅう》の景観が見られるそうだよ」

と、十津川は、いった。

「土柱ですか?」

「もろい土質の山が削られて、何本もの土の柱ができているそうだ。国の天然記念物になっているらしいよ」

「岩場のほうはこの上で、うどんを食べさせるんですか？」

「たらいにうどんを入れ、つゆにつけて食べるんだそうだ。たらいうどんといって、この地方の名物らしい」

「しかし、この岩場から突き落とされたら、死ぬかもしれませんね」

と、亀井は写真を見て、いった。

西本と日下の二人が帰ってきたのは、二時間ほどしてからだった。

「岩崎伸ですが、S電機の管理部に勤めるサラリーマンです。生まれは徳島市内で、高校まで、地元の学校に通っています」

と、西本は手帳を見ながら、十津川に報告した。

「徳島の生まれなのか」

「そうです。部屋には、阿波《あわ》おどりや鳴門《なると》の渦潮の写真なんかが、貼ってありました」

「家族は、まだ徳島にいるのかね？」

「いえ。東京にいるようです」

と、日下がいい、彼のマンションから持ってきた手紙の一通を、十津川に見せた。
差出人の名前は、岩崎アキになっている。住所は、多摩《たま》市になっていた。
〈電話ではなかなかつかまらないので、手紙を書きます。
まずお礼から。大学入学のお祝いをありがとう。ティファニーのオープンハート
トは、前からほしかったの。無理させたんなら、ごめんね。高かったでしょ
う？　次は、両親からの伝言。たまには家に寄ってくれっていってるわ。旅行
好きのくせに杉並から多摩までこられないのかって。今年の夏は、郷里の徳島
へいき、阿波おどりに参加しませんか？　妹じゃつまらない？　アキ〉
「この多摩市の電話番号を調べてかけてみたんですが、誰も出ませんでした。た
ぶん、四国へいっているんだと思います」
と、西本が、いった。
「岩崎伸という男の評判は、どうなんだ？」
亀井が、二人の若い刑事にきく。
「マンションのなかでの評判は、よくも悪くもありませんね。おとなしい青年だ

という人もいれば、挨拶をしないという人もいます。管理人は、普通の若い男だといっています」

「会社のほうへは、いってきたのか？」

「上司の課長と、同僚にきいてきました」

「それで、岩崎伸については、どういっている？」

「課長は、一応、頭のいい、よく働く青年だといっていましたが、本音は違っているようです」

「どんなふうにだ？」

「ちらっと本音が出たんですが、仕事が忙しい時でもどんどん休暇をとって、好きな旅行に出かけてしまうというのです。権利だから仕方がないが、協調性に欠けるみたいないい方をしていましたよ」

と、西本が、いった。

「同僚の間での評判は？」

「背が高くて、ちょっと甘い顔立ちなので、女性にはもてたということで、女子社員のなかに、関係のできた者がいるらしい様子です。ただ、男子社員のなかに、ひとりだけ、こんなことをいう者がいました。岩崎は、一見すると優しくスマートに見えるが、高校から大学にかけてボクシングをやっていて、いざとなると怖いというのです。なんでも、一緒に飲みにいったとき、別のサラリーマングループと、バーで、口論になったそうです。ママの仲裁で仲直りしたんですが、岩崎は急に黙って店を出ていくと、先に出ていた相手の三人をめちゃくちゃに殴りつけたそうです。相手は血まみれになって、道端で呻いていたということです」

「仲直りしたのに、やっつけたということか？」

「そうです。同僚が、なぜそんなことをしたかきいたところ、岩崎は、気に食わない連中だったからとだけいったそうで、それ以来、岩崎という男が怖くなったと、いっていました」

「事件にはならなかったのかね？」

「やられたほうがはずかしくて、訴えなかったようです。三人が、ひとりにやられてしまったわけですから」

「まさか、その三人に殺されたということは、ないんだろうね？」

と、十津川が、きいた。

「偶然、徳島で、また出会ったというのなら、可能性はありますが」

と、日下が、いった。

「念のために、その三人の身元を調べ出してみてくれ」

と、十津川は、いった。

彼はそのあと、徳島県警の若木警部に電話をかけ、わかったことを伝えた。

「両親と妹さんは、今こちらにきています」

と、若木が、いった。

「本籍が徳島だそうですね？」

「そうなんです。三年前まで、徳島に住んでいたようです」

「家族は、犯人に心当たりはあるといっているんですか？」

「まったくないといっています。物静かで優しい子だったから、絶対に他人に恨まれるはずがないと両親はいいますし、大学生の妹は、あんな優しい兄を殺す人がいるなんて信じられないと、泣いています」

「家族としたら、そうでしょうね」

「今、十津川さんのいわれた話をきかせたら、きっとショックだと思いますよ。三人の男を叩きのめしたという話をです」

と、若木は、いった。

「その三人について何かわかったら、また電話しますが、そちらで何か、進展はないんですか？」

と、十津川は、きいた。

「ひとつだけ、進展がありました」

と、若木は、嬉しそうな語調になって、

「事件のあった午後三時から四時にかけて、現場で、挙動の不審な男がいたことが、わかったんです。年齢は六十歳前後で、小柄で、サングラスをかけていたと、目撃者はいっています」

「ただ単に、うどんを食べていた観光客のひとりということは、考えられないですか？」

「かもしれませんが、実は、前に起きた事件でも、似たような男が目撃されているんです」

と、若木は、いう。

「前の事件ですか？」

「ええ。六月十五日の午後五時頃ですが、徳島市内、眉山《びざん》近くのホテルの五階の部屋から宿泊客が転落して、死亡しているのが発見されました。最初はベランダから誤って落ちたのではないかと思ったのですが、後頭部に裂傷が見つかりましてね。殺人の可能性が強いということになったわけです。この時も、実は、フロント係が、六十歳前後でサングラスをかけた男を、その時刻頃、目撃しているんですよ」

「ホテルで殺された人というのは、東京の人間ですか？」

「いや、静岡《しずおか》県の下田《しもだ》に住む二十八歳の女性で、名前は五十嵐杏子《いがらしきようこ》です」

「今度の被害者と、何か関係があるんですかね？」

「その点を、岩崎伸の両親と妹にきいてみました。もし関連があれば、犯人も同一人の可能性が出てきますから」

「六十歳前後で、小柄で、サングラスをかけた男ですね」

「そうなんです。ところが、両親も妹も、まったくしらないといっていましてね。少しがっかりしているんですよ」

と、若木は、いった。

「十五日の事件について、詳しいことをしりたいんですが」

と、十津川は、いった。

「何か、心当たりでも？」

「いや、岩崎伸の家族が嘘をついているのではないかと思いましてね。こちらで調べてみれば、何か関連が出てくるかもしれません。それに、東京から下田も近いですから」

と、十津川は、いった。

「ぜひ、お願いします。もしこちらの予想が当たっていれば、二つの事件が同時に解決できますから」

と、若木は、嬉しそうにいった。

4

受話器を置いたあと、十津川は、ぼんやりした表情になって、宙に視線を泳がせていた。

亀井が、心配そうに、

「何か、気がかりなことでも、おありですか？」

と、十津川に、声をかけてきた。

「いや、別に何もないよ。徳島県警に協力できればいいと思っているだけだよ」

十津川には珍しく、慌てた様子でいった。

だが、亀井は疑わしげに十津川を見て、

「何かあるのなら、話していただけませんか」

「いや、何もないよ」

と、十津川は、同じことをいった。

三十分ほどして、徳島県警から、六月十五日の事件について、詳しいメモがファックスで届けられた。

被害者、五十嵐杏子の顔写真も添えられている。

二十八歳だというが、四、五歳、若く見える顔立ちである。独身で、職業は、今はやりのスタイリストと書いてある。

旅行好きで、車を自ら運転して出かける。

六月十五日も、愛車のベンツ１９０Ｅで徳島にきていた。

十四日の午後、眉山近くのＳホテルに、チェックインしている。

伊豆下田には、母親と住んでいて、母親は土産物店を経営していた。

東京、横浜《よこはま》などで仕事をしていたが、その時にも、自分で車を運転して出かけていたという。

〈多少わがままだが、スタイリストとしての腕はよく、各地のファッションショウで活躍していた。年収は一千万から二千万円で、優雅な独身生活を楽しんでいたと思われる。特定の恋人はいなかったが、ボーイフレンドは何人かいた模様である。家族は母親だけで、母親は、早く結婚してくれていたらと、嘆いている。Sホテルでは東京に三回電話しているが、すべて仕事関係である。滞在予定は、十六日までになっている。十五日当日は、朝食のあと車でホテルを出発しているが、行き先は不明である〉

わかったことを要約すると、こんな具合だった。

殺人の原因になりそうなものは、わがままな性格というところと、何人かいるボーイフレンドぐらいのものだろう。

しかし、二十代で、成功している独身女性となれば、多少わがままなのは当然だろうし、今の社会は、そうしたわがままが、許容される社会なのだ。

何人かのボーイフレンドというのも、今は普通だろう。

と考えていくと、この二つが殺人に結びつく感じはない。

だからこそ徳島県警は、現場で目撃された六十歳前後の小柄な男を、重視しているに違いない。

そこまでは、十津川にもわかる。十津川が徳島県警の刑事なら、同じように考え、何とかしてこの不審な男の身元を明らかにしようとするだろう。

さらに、六月二十三日に、殺された岩崎伸の事件でも、同じような男が目撃されたとなれば、なおさらである。

(参ったな)

と、十津川は呟き、さらに、

(まさか――)

と、呟いた。

十津川の頭のなかには、青蛾書房の主人の顔が、浮かんでは消えている。

六十歳前後で、小柄な男という点で、一致する。もちろん、その二点が一致する男は、何人、いや何十人、何百人といるだろう。

だが、青蛾書房は、同じ六月十五日と、六月二十三日に、臨時休業しているのだ。

まだほかにも気になる点がある。

何かの拍子に、藤岡が四国の生まれだと漏らしたのを、十津川は覚えていた。

それに、六月十五日に臨時休業した時、藤岡は風邪をひき、熱が出て唸りながら二階で寝ていたと、十津川にいった。だが、あれは嘘だと、十津川は思っている。

藤岡は優しい心の持ち主だと思う。居候のシャム猫に対する態度を見れば、それがわかる。いわゆる猫可愛がりをしているわけではないが、彼の傍に、自然に猫がいるという感じなのだ。

そのシャム猫が、家に入ろうとして戸を引っ掻いていたのを、十津川は見ている。

もし藤岡が本当に家にいたのなら、すぐ戸を開けてなかに入れてやったろう。いや、猫が入れるだけの隙間を、最初から作ってやっていたはずなのだ。

それを考えると、あの日、藤岡は家にいなかったのではないかと、十津川は思う。

外出する時、猫が外にいたので、仕方なく閉めて出かけてしまったのではないのか？

六月二十三日にも、同じことがいえる。

野沢温泉へいってきたというが、あっさりとは信じられないのだ。

十津川は、ひとりで警視庁の建物を出ると、皇居のお濠に沿って、ゆっくりと歩いてみた。

ついこの間まで、寒さに震えていたと思うのに、今日は強い初夏の日差しになっている。

十津川は、あの藤岡という男に、好感を持っていた。ぼそぼそした話し方なのだが、温かみがあるし、誠実な喋り方だった。つい帰りにあの本屋に寄ってしまうのは、彼と話をするのが楽しいからである。

その藤岡を疑うのは、辛い。ことに、殺人事件について疑うのは、なおさらだった。

十津川の横を、小柄な老人が走り抜けていった。一瞬藤岡と錯覚したが、藤岡より年上の、七十歳くらいの老人である。勢いよく走っていく。続いて二、三人がジョギングして、走り抜けていった。

(私は、刑事だ——)

と、十津川は、思う。

怪しい男がいる以上、調べるのが刑事の仕事である。

しかし、一度調べ始めたら、刑事としての本能で、とことん追及してしまうだろう。

(あの主人と、もう、自然な態度で接することができなくなってしまうな)

と思い、十津川には、それが辛いのだ。

いつの間にか、日比谷《ひびや》の交差点まで歩いてきてしまい、ゆっくりと引き返しにかかると、向こうから見覚えのある顔が近づいてきた。亀井が、探しにきたのだ。

傍へくると、亀井は、笑った。

「やっぱり、ここでしたね」

「まるで、子供だね。私は」

と、十津川も、苦笑した。

「子供ですか？」

「私はね、子供の頃、困ったことがあると、いつも同じ神社の裏へいって、ひとりで悩んだものさ。今はそれが、皇居のお濠端に変わっただけなんだ」

と、十津川は、いってから、

「何か、急用かね？」

「徳島での二つの殺人事件で目撃された男の件ですが、今、ファックスで似顔絵が送られてきました。目撃者の証言で作られたもので、よく似ているそうです」

と、亀井はいい、ポケットからその似顔絵を取り出して、十津川に見せた。

十津川は、二つに折られている似顔絵を、広げて見せた。

（似ていないと、いいんだが——）

と、思いながらである。

一瞬、似ていない、こんな怖い顔ではないと感じて、ほっとした。

だが、よく見れば、似顔絵の顔が怖く見えるのは、黒いサングラスのせいなのだ。

サングラスを手で隠してしまうと、顔の輪郭や口元、それに頭の格好は、藤岡によく似ている。

（藤岡にも、濃いサングラスをかけさせると、こんな怖い顔になるのだろうか？）

と、十津川は、思った。

そんな十津川を、亀井がじっと見つめている。

「わざわざ、これを持ってきてくれたのは、なぜなんだ？」

と、十津川は、亀井にきいた。

「別に深い意味は、ありません」

「そうかね。何か二人だけで話したくて、わざわざ持ってきてくれたんだと思うんだが」

「強いていえば、久しぶりに警部とお濠端を散歩したくなったんですよ」

と、亀井は、十津川にいった。

十津川は、笑って、

「じゃあ、歩こうか」

と、いい、二人は肩を並べて、桜田門《さくらだもん》方向に歩き出した。

さっきの小柄な老人が、また十津川の横を元気よく走り抜けていった。

「私の推理では――」

と、亀井が、歩きながらいう。

「うん」

「警部は、その似顔絵によく似た人を、しっているんじゃありませんか？　それも、親しい人に」

「カメさんは、八卦もやるのかね」

と、十津川が、苦笑すると、

「四十五年生きてきたし、それに警部とは、もう長いこと一緒に仕事をしてきました。それだけのことです」

と、亀井は、いってから、

「私のいったことは、当たっていませんか？」

「残念ながら、当たっているよ」

「やはり、そうですか」

「ただ、いましばらく、私自身で何とかしたいと思っているんだよ。カメさんには、悪いが」

「その人を、信用されているんですか？」

「信用というのとは、少し違うんだ。正直にいうと、彼の私生活については、ほとんどしらないといってもいいんだよ。だが話していて、とても楽しい気分になってくる。安らかな気持ちになれるんだ。そういう貴重な人を、失いたくなくてね」

と、十津川は、いった。

「そういう人のことを、あれこれ質問しないほうがいいようですね」

と、亀井が、いった。そんなところが、亀井のいいところだ。

「時がきたら、何もかも話して、カメさんに助けてもらうよ」

と、十津川は、いった。

5

十津川は、青蛾書房に寄るのをしばらくやめようかとも思ったが、そうしたらよけい気になることは、わかっていた。

だから十津川は、帰りにまた藤岡に会いに、青蛾書房に寄った。

二人ほどいた客が、いなくなってから、十津川は奥にいき、

「風邪は、大丈夫ですか？」

と、藤岡に声をかけた。

藤岡は、十津川を座敷に招じ入れてから、

「風邪って、何です？」

「前に、風邪をひいて、店を休まれたことがあったでしょう」

「ああ、あれですか。あの時もいいましたが、鬼の攪乱でしてね。風邪は、めっ

たにひかないんですよ」

と、藤岡は、笑った。

「それなら、安心ですが」

「風邪ということで、思い出しましたが、有名人たちがいった言葉をいくつかあげた。

と、藤岡は、風邪について、有名人たちがいった言葉をいくつかあげた。

「南国育ちの方は、風邪に弱いですかねえ」

と、十津川は、いった。

藤岡の背後の襖を、シャム猫が、手と頭を使って、開けて入ってきた。そのまま、藤岡の膝の上にのっかって、体を丸めた。

「南国育ちって、私のことですか？」

と、藤岡は、猫の頭をなでながら、きき返した。

「前に確か、四国の生まれだと、おっしゃったはずですが」

「そんなことをいいましたか」

と、藤岡は、小さく笑って、

「もう、ずいぶん昔のことですよ。確かに、私は四国の生まれでしてね。育ちも四国です。しかし、昔のことです」

「懐かしいと思われることは、ありませんか？」

「いや、そういう感情はありませんな。正直にいうと、私は、四国という土地があまり好きじゃないのです」

「もったいない」

と、十津川は、いった。

「もったいないですか？」

「そうですよ。私は、東京の生まれ、育ちです。浅草《あさくさ》や、神田《かんだ》といった特徴のある土地の生まれならいいんですが、東京でも、新興住宅地なんです。最近いってみましたが、ビルが建っていて、昔の面影なんかどこにもない。つまり、私には故郷と呼べるものがないんですよ。その点、あなたが羨ましくて、仕方がありません。四国という故郷があるんだから。なぜいやがるのかわからないし、もったいないと思ってしまうんですよ。私は一度、四国へいったことがありますが、海も山も綺麗で、よかったですよ。こんな場所が、自分の故郷だったらいいなと思いましたね」

「そうですか」

と、いったが、藤岡の顔は、笑っていなかった。

（故郷の四国に、何か、苦い思い出があるのだろう）

と、十津川は思い、そう思うことが、彼の気持ちを暗くした。それが、四国で起きた二つの殺人事件に繋がっていることにも、なりかねないからである。

それでも、刑事である以上、引き退ってしまうことはできない。

「最近、四国に帰られましたか？」

と、十津川は、きいてしまった。

「いや、ここのところはまったく帰っていません」

と、藤岡は、いってから、

「私は、十津川さんが羨ましいですよ」

「なぜですか？」

「故郷なんか、ないほうがいいですよ。本当ですよ」

藤岡は、もうその話はやめにしましょうという感じで、いった。その感じがわかって十津川は黙ってしまったが、おやっと思ったのは、彼の膝の上で、シャム猫の居候が苦しがっているのに気づいたからだった。藤岡が強く猫の頭を押さえつけていて、猫がその手から逃れようともがいているのだ。

「猫が」

と、十津川が遠慮がちに声をかけると、藤岡は照れたような目になり、こつんと猫の頭を叩いた。

シャム猫は、鳴きながら、部屋を飛び出していった。

十津川は、何となく気まずくなって、いつもなら話しこむところなのに、腰をあげてしまった。

そのあと、自宅まで歩きながら、十津川は悩み続けた。

今日、自分は藤岡を試した。探りを入れて、相手の反応を見たのだ。刑事としては当然のことをしたにすぎないのだが、心が痛むのは、藤岡という男が好きだからだ。彼が殺人犯であってほしくない。いや、殺人犯ではないかと疑うこと自体に、心が痛む。

(だが、俺は刑事として、藤岡を追いつめていくのではないか)

その予感が、また、十津川に重くのしかかってくるのだ。

6

翌日は、藤岡のことを思うと辛かったが、それでも藤岡のことを調べる義務感から、区役所にいき、彼の住民票を見せてもらった。

やはり、本籍は徳島県脇町《わきまち》になっていた。その住所を手帳に書き留めて戻ると、上司の本多一課長に、徳島へいく許可を求めた。

「徳島で起きた例の事件のことだね？」

と、本多が、いう。

「そうです」

「徳島県警に電話して、向こうで調べてもらうわけにはいかんのかね？」

と、本多が、きく。当然の質問だった。

「これはどうしても、私自身でいって調べてきたいんです」

と、十津川は、いった。

たぶん、硬い表情をしていたのだろう。本多は、それ以上質問はせず、許可してくれた。

十津川は、亀井には行き先をいい、向こうへ着いたら電話するといっておいて、羽田《はねだ》へ急いだ。

徳島まで、JASに乗る。徳島空港に着いたのは、一一時〇五分である。空港の案内所で、手帳に書いてきた住所を見せると、徳島線の穴吹《あなぶき》で降りたらいいと教えてくれた。

十津川は、空港からバスでJR徳島駅までいき、駅構内の食堂で昼食をすませたあと、一三時四九分発の列車に乗った。二両編成の、気動車である。

細かい雨が降っていた。走り出すと、左手に眉山がかすんで見えた。

(眉山の麓のホテルでも、ひとり殺されていたんだ)

と思いながら、十津川はしばらく眉山に目をやっていた。

すぐ、次の佐古《さこ》駅に着く。そこで高徳線《こうとくせん》とわかれ、列車は四国山地を左に見ながら阿波池田《あわいけだ》に向かう。

車内は、すいていた。梅雨が明けないと、観光客はこないのだろうか。

前に四国へきた時は、土讃線を走り、大歩危《おおぼけ》、小歩危《こぼけ》といった険しい景観を楽しんだのだが、この徳島線にはそうした奇観はなかった。なだらかな平野部を走る。野菜畑が広がり、列車の走り方ものんびりしている。

阿波川島《かわしま》をすぎてから、国道192号線は、左から右手に回り、その向こうには吉野川がゆっくりと流れているはずだった。

受験で有名になった学駅を通り、穴吹駅に着いたのは、一四時五二分である。

ホームに降りると、山肌が間近に迫っていた。

駅前から、脇町へいくバスが出ている。十津川は、それに乗った。バスは吉野川にかかる橋を渡り、十分ほどで脇町に着く。

町は、吉野川の支流である大谷川《おおたにがわ》をまたぐようにして、広がっていた。

この町は、白壁の町として有名らしいが、そうした古い建物のなかに、ショッピングセンターの大きなビルが混じっていて、四国の中央部の町にも、近代化の波が押し寄せていることを感じさせた。

雨は、依然として降り続いている。が、細かい雨だし、気温が高いので、濡れても苦にならなかった。

大谷川の川岸にある町役場にいき、十津川は、手帳の住所を見せ、この家が今どうなっているかきいてみた。

「藤岡正司さんのところですか」

と、戸籍係の若い男は、帳簿を調べていたが、

「どなたも住んでいませんね。今は、東京に住んでおられるはずですよ」

「東京に移ったのは三年前だと思うんですが、なぜ急に、東京に引っ越したんですかね？」

と、十津川は、きいた。

若い職員は、わからないという目をしてから、奥にいる五十歳くらいの係長に、ききにいった。

係長は、十津川のほうを見てから、立ってカウンターのところまでやってきた。

「藤岡さんのところは、三年前に、焼けたんですよ」

と、係長は、十津川にいった。

「焼けた？」

「ええ、三年前の夏です。ちょうど、阿波おどりの時でしたね」

「焼けたら建て直せばいいのに、なぜ東京へ引っ越してしまったんでしょう？」

「なぜ、そのことをおききになるんですか？」

と、係長が、きく。

十津川は仕方なく、警察手帳を相手に見せた。係長は、びっくりした顔になって、

「やはり、あの火事に疑問を持たれたんですか？」

「まあ、そんなところです」

と、十津川は、嘘をついた。

係長は、十津川に、自分の傍の椅子をすすめてから、

「実は、私は、藤岡さんと幼なじみでしてね。あの家にも遊びにいったことがあるんです。藤岡さんのところは、昔は旅館でした。十人ぐらいしか泊まれない小さな旅館でしたがね。それが、ひとり息子さんは東京へ出てしまうし、奥さんが亡くなって、三年前には旅館をやめていました。藤岡さんは、もともと文学青年でしたから、何か文化的な仕事がやりたいといっていましたね」

「火事の様子は、どうだったんですか？」

「それが、ひどい話でしてね。あの時、東京に出ていたひとり息子さんが、結婚したばかりの奥さんを連れて帰っていたんです。今もいったように、阿波おどりの時でしたから、息子さんは奥さんに、見せたかったんじゃありませんかね」

「藤岡さんは、喜んだでしょうね？」

「そりゃあねえ。あの時、藤岡さんに会ったらにこにこして、俺は間もなくおじいさんになるんだと、いっていましたからねえ」

「じゃあ、息子さんの奥さんは、妊娠していたんですか？」

「確か、三カ月だったんじゃないですかね」

「それで、火事のほうは？」

「八月十三日でしたね。夕方、藤岡さんは、吉野川に鮎を釣りにいっていたんです。その間に火事になりましてね。猛烈な火災で、二階にいたひとり息子さんと奥さんは、焼死してしまったんです」

「ちょっと待って下さい。二階にいて焼死というのがわからないんですが、火事は一階で起きたんですか？」

「ええ。消防の調べでは、そうです」

「じゃあ、一階に、誰かいたんですか？」

「そうなんですよ」

「誰がいたんです？　旅館はもう、やっていなかったんでしょう？」

「あとでわかったことなんですが、拝み倒され、一日だけということで、泊めていたらしいんです。何しろ、阿波おどりの最中で、徳島市内のホテル、旅館はどこも満員だし、この脇町の旅館も満員でした。それで、困った旅行客が頼みこんだんでしょう。昔、旅館でしたから、外から見るとまだ旅館をやっているように見えたんじゃありませんかね」

「その泊まり客の人数や、どこの人間かはわかっているんですか？」

と、十津川は、きいた。

「男二人に女二人の四人で、東京ナンバーの車に乗っていました」

「それは、藤岡さんが、話したんですね？」

「いや。なぜか藤岡さんは、消防と警察にきかれても、何もいわなかったようですね。よくしっているはずなのにね。道路の向かいの雑貨屋の主人が、覚えていたんです。藤岡さんの家の前に、東京ナンバーの車が駐まっていて、一階で四人が騒いでいるのを見ているんですよ。雑貨屋の主人は、危ないなと思ったそうです」

「なぜですか？」

「一階の台所から煙が出ているので、覗いたら、肉を焼いていたというんです。それも、バーベキューみたいな格好で。脂が燃えてるし、煙が出ているので、注意したら、パンツ一枚の格好の若い男に、逆に怒鳴りつけられたそうです。その直後に、火事になったんです」

「そして、二階にいた若夫婦が、焼死した」

「ええ」

「四人の男女は、どうなったんですか？」

「いつの間にか、車ごと消えてしまっていたそうです」

「藤岡さんは、なぜ、警察にその四人のことを話さなかったんですかね？」

と、十津川は、きいた。

係長は、小さな溜息をついた。

「なぜなんですかねえ。いい人だが、ちょっと変わったところもありましたからね。とにかく、藤岡さんは、突然、東京へいってしまったんですよ。銀行預金を、全部おろしてね」

「預金を？」

「ええ。銀行の人が、そういってましたよ」

と、係長は、いった。

そして、東京で、あの本屋を始めたのか。

十津川は、脇町の警察署に回って、三年前の火事について、きいてみた。

答えてくれたのは、高橋という中年の警官だったが、緊張した顔で、

「正直いって、あの時は困りました。肝心の藤岡さんが、まったく非協力的でしたからね」

「なぜでしょうかね？」

「わかりません。われわれは、あの日泊まっていた男女の名前や、住所をしりた

いのに、藤岡さんはしらないの一点張りでしてね。まあ、息子さん夫婦を突然失ってしまって、呆然としているんだと思い、強くきけなかったんです。そうしている間に、藤岡さんは、突然、東京にいってしまいましてね。そのままになってしまったんですが」

「四人については、何もわからずですか？」

「残念ながら、わかりません」

「彼らは、阿波おどりを楽しみにきたんでしょうね」

「そうでしょう。彼らが火事を起こしたのは八月十三日ですからね。十二日から十五日までが、徳島の阿波おどりです」

「すると、脇町を見にきたんじゃなくて、徳島の阿波おどりを見にきて、市内のホテル、旅館が満員なので、脇町まで探しにきたということじゃありませんかね？」

「そうでしょうね」

「そうすると、ほかの場所でも泊まるところを探していたはずですね？」

「はあ」

「車できたとすると、徳島から国道192号線をきたことになりますね」

「そうですね」

「その途中で、何軒か、泊まれるかどうか、きいているんじゃないかな」

と、十津川がいうと、高橋は目を輝かせて、

「それを調べてみましょう。三年前の事件ですが、ずっと気になっていたんです。さっそく調べて、わかったらおしらせしますよ」

と、いった。

7

翌日までに、高橋は、国道192号線沿いを、徳島まで調べてくれ、その結果を、脇町の旅館に泊まった十津川に、教えてくれた。

「ホテル、旅館、それに民宿まで調べましたが、手応えはありませんでした」

「駄目でしたか」

「何しろ、三年前のことですし、あの時はほかにも、泊まれるかどうか問い合わせてくる旅行客は、一杯いたらしいんです。車でくるのも多かったですからね。ただ鴨島近くのガソリンスタンドの人間が、覚えていてくれました」

「本当ですか？」

「ええ。助かりましたよ」

「なぜ、覚えていたんですか？　三年前のことなのに」

「実は、連中が逃げる途中に、そのガソリンスタンドに寄ったからなんですよ。十三日の午後七時頃だといいますから、時間的に合っています」

「しかし、それだけで、スタンドの人間は覚えていたんですか？」

「給油中に、女二人は車に残っていましたが、男二人は外に出て、何かこそこそ話をしていた。それがきこえたというんです。切れ切れだったが、脇町の旅館が燃えたとか、警察がどうとかいっていた。それで、気になったというわけです。ひょっとして、何か事件に関係してるんじゃないかと思って、四人の顔をよく見ていたそうです。そしたら、九時のテレビニュースで、脇町の藤岡さんのところが燃えて、若夫婦が焼死したというので、これかと思ったといっていました」

「車のナンバーは、覚えていませんでしたか？」

「それが、ナンバープレートにわざと泥をこすりつけて、見えないようにしてあったそうで、東京の車としかわからなかったといっています。ただ、四人のうちの女性のひとりの名前は、教えてくれました」

「なぜ、その女の名前がわかったんだろう？」

「ガソリン代を支払う段になって、その女性が、お世話になったから私が、といってカードを出したそうなんです。N信販のカードで、そのカードにあった名前が、五十嵐杏子で、カードのナンバーは、5279―4322―4282―9××です。これはスタンドの人間が、メモしておいてくれました。というより、メモしたまま、忘れていたんですね」

と、いって、高橋は初めてちょっと笑った。

五十嵐杏子は、六月十五日に、眉山近くのホテルで殺された女ではないか。

とすると、御所温泉近くの岩場から突き落とされて死んだ岩崎伸は、四人のなかのひとりのはずだと、十津川は思った。残るのは、男ひとりと、女ひとりになる。

藤岡は、その二人の住所と名前も、見つけ出したのではあるまいか。

彼はたぶん、三年間の東京生活の間、四人を見つけ出すことに努めたに違いない。

（しかし、岩崎伸と五十嵐杏子の二人が、問題の四人のなかにいたのなら、なぜ今年、徳島に出かけたのだろうか？）

と、十津川は、思う。

まさか、殺されるために、徳島へいったとは思えない。とすると、何のためなのか？

（藤岡に会わなければならない）

と、十津川は、思った。

その日のうちに、十津川は、徳島から東京行の飛行機に乗った。

羽田に着くと、亀井に帰京したことを電話しておいてから、警視庁には向かわず、青蛾書房に向かった。

だが、店の前にいってみると、戸が閉まっていた。臨時休業の札もない。

戸を叩いてみたが、返事はなかった。耳をすませたが、猫の鳴き声もきこえない。

（まさか、死んでいるんじゃないだろうが）

と、不安になったが、まさか戸を蹴破って、家のなかを調べるわけにもいかなかった。

仕方なく家に帰ると、家のなかから、やたらに猫の鳴き声がきこえてきた。

ミーコのぴいぴいいう鳴き声とは違うと思いながら、なかに入ると、妻の直子が、

「お帰りなさい」

と、いってから、

「藤岡さんという人、しってます？」

「ああ。駅近くの本屋さんだよ。時々、寄って話をするんだが、藤岡さんがきたのか？」

「ええ。あの猫を置いていったわ」

と、直子は、いう。

奥で、あの居候が、ミーコと睨み合っていた。なぜか、子猫のミーコのほうが威勢よく、居候のほうはしきりに鳴き声をあげている。

「藤岡さんは、いつ、きたんだ？」

と、十津川は、二匹の猫を見ながら、直子にきいた。

「今日の昼すぎだったかしら。突然、見えて、十津川さんと親しくしている者ですが、一週間ほど旅行するので、この猫を預かって下さい。十津川さんは、承知してくれていますというのよ。嘘のつけそうもない人なので、預かっておいたん

だけど、いけなかったかしら？」

「いいさ。私だって、預かったと思うからね」

「それから、お預けするので餌代を置いていきますといって、封筒を置いていったの。あとで調べたら、百万円入っていたわ。一週間の餌代にしては、多すぎると思うんだけど」

と、直子が、いった。

「百万円もか」

と、十津川は、呟いてから、

「一週間というのは嘘で、もう私たちの前には現れないかもしれないね」

「じゃあ、一週間というのは嘘なの？」

「たぶんね」

と、十津川は、呟いた。

「よくわからないんだけど、藤岡さんという人は、どういう人なの？」

直子が、真剣な表情で、きいた。

十津川は、ちょっと迷ってから、四国の事件のことから、直子に話してきかせた。

直子は、黙ってきいていたが、

「じゃあ、今までに四国で殺された二人の人を、藤岡さんという人が殺したと思っているの？」

と、きいた。

「そう考えたくないんだがね」

「でも、焼死した新婚の息子さん夫婦の敵を討っているに違いないと、思っているわけでしょう」

「そうだよ」

と、十津川は、うなずいた。

「可哀相ね」

「何が？」

「新婚で亡くなった息子さん夫婦も、藤岡さんも、殺された二人の方も」

と、直子は、いった。

「そうかもしれないが、あと二人いるんだよ。藤岡さんは、その二人も殺す気でいるんだと思うんだ」

「どこに住んでいる人かもわからないの？」

「わかっていれば、何とかなるんだが」

十津川は、小さく溜息をついた。

「藤岡さんは、しっているのかしら？」

「おそらく、しっていると思うよ」

「じゃあ、明日にでも、残りの二人を殺すかもしれないのね？」

「いや、それはないと思う」

と、十津川は、いった。

「なぜ？」

「もし、明日にでも殺せるんなら、わざわざ、猫を私に預けるようなことはしないだろう。今までどおり、店は臨時休業の札をさげておいて、殺しにいってくればいいんだ。そして、何気ない顔をしていれば、すむことだ」

と、十津川は、いった。

「じゃあ、何があると思うの？」

と、直子が、きいた。

「わからない。わかっていれば、行動に出られるんだがね。ただ、今もいったように、藤岡さんはすぐには残りの二人を殺すことができない状況なんだと思うよ。何日か、あるいはもっとあとでなければ、殺すことができない。だが、その間、じっと青蛾書房という本屋を続けているわけにはいかない。だから、彼は店を閉め、私たちに猫を預けて、姿を消してしまったんだよ」

十津川がいうと、直子は、わからないという顔で、

「なぜ、あの人は、そんなことをしたのかしら？　あなたが疑い始めたのをしって、姿を消したということ？」

と、きいた。

「いや、もっと前から、私はそれらしいことを匂わせていたよ」

「じゃあ、何なの？」

「これは私の勝手な、甘い推理かもしれないんだがね。私が彼に好意を感じていたように、彼も私に、好意を持っていたんじゃないか。だから、私とずっと接していると、最後の二人を殺せなくなってしまうのではないか。それが怖くて、姿を消したんじゃないかと、私は思うんだよ」

と、十津川は、いった。

「そうかもしれないわ」

と、直子は、うなずいて、

「だから私たちに、大好きな猫を預けて、いなくなったのかもしれないわね」

「そうだな」

「何だか、寂しそうね」

「あの店の前を通っても、藤岡さんに会えないと思うとね。しかし、いいこともある。彼の顔を見なければ、感傷を交えずに、事件のことを調べられるからね」

と、十津川は、いった。

8

十津川は、翌日から、徳島県警と連絡をとり、最後の二人捜しに全力を傾注することにした。

県警からは、例のガソリンスタンドの人間の証言として、四人が乗っていた車が、ブルーのシーマらしいと、いってきた。

ガソリンスタンドの従業員なら、車は詳しいだろうから、この証言には信頼がおけるだろう。

しかし、シーマは、ベストセラーの車である。東京ナンバーのシーマを、すべて洗い出すということは、至難の業だった。

十津川はむしろ、徳島で殺された岩崎伸と五十嵐杏子の線から、残りの二人の名前がわかることに、期待をかけた。

五十嵐杏子については、静岡県警にも協力してもらった。

この二人の友人、知人のなかに、残りの二人がいるという予測だった。

しかし、二日、三日とたっても、いっこうに出てこないのである。何人か、それらしい人物は浮かびあがるのだが、いずれも、三年前、阿波おどりの季節に、徳島にはいっていないことがわかってくるのだ。

幸い、恐れている殺人事件は起きないが、十津川は次第に焦燥にかられていった。

「青蛾書房を調べてみよう」

と、十津川は、亀井にいった。

「不法侵入になりませんか？」

と、亀井が、いう。

「なるだろうが、私は何とか、次の殺人事件を防ぎたいんだよ」

と、十津川は、いった。

二人は青蛾書房にいき、店の戸をこじ開けて、なかに入った。

何日かぶりに見る本棚は、本の匂いがして、妙に懐かしかった。

店の奥に、三畳ほどの畳の部屋がある。

「ここにあがって、よくお茶をご馳走になったよ。いろんな話をしてね」

と、十津川は、狭い部屋を見回した。勝手口は、よくシャム猫の居候が、出入りしていた。

二人は、二階にあがった。

「二階には、あがったことがないんだ」

と、いいながら、十津川は階段をあがっていった。

二階は、六畳、四畳半、それに三畳という作りになっている。どの部屋も、綺麗に掃除されていた。それに、調度品らしきものは、何もなかった。

ただ、六畳には、大きく豪華な仏壇が、置かれていた。二階で、それだけが、やけに目立った。

仏壇には、四つの位牌が、祭られていた。

そこに置かれてある戒名と没年を、ひとつずつ、十津川は読んでいった。

ひとつは、十年前に亡くなった藤岡の妻のものだろう。あとの三つは、すべて没年が、三年前の八月十三日になっている。二つは、ひとり息子とその新妻のものだろう。二十七歳と、二十三歳である。そして、一番小さな位牌は、妊娠三カ月で死んでしまった孫のものに違いない。

男の戒名になっているのは、藤岡が、男の子が生まれるに違いないと、信じていたからか。

十津川が線香をあげていると、押入れを調べていた亀井が、アルバムを見つけた。

小さなアルバムで、なかは、若い二人の写真ばかりだった。

藤岡が、きっと、息子のマンションにいき、持ってきたものだろう。

藤岡によく似た青年の笑顔が、そこにあった。それに、可愛らしい顔の娘がいる。

「恋人同士そのものといった写真ばかりですね」

と、亀井が、微笑した。

「その恋が、突然、終わったのさ」

「三枚、剝がされていますよ」

と、亀井が、いう。

「その三枚は、藤岡が持っていったんだと思うよ」

と、十津川が、いった。その顔が、厳しくなっている。藤岡は今、どこにいるかわからないが、その三枚の写真を見ては、復讐の念を燃やしているのではないかと、思うからだった。

二人はなおも、部屋を捜して回った。何とか、藤岡の行き先をしりたかったからである。それがわからなければ、次に殺される二人の名前と住所をしりたかった。

だが、何も見つからない。

「仕方がない。帰ろう」

と、十津川がいうと、亀井はアルバムを抱えて立ちあがったが、

「私も、お線香をあげていきますよ」

と、いって、仏壇の前に座り直した。

二人は、外に出た。

「藤岡の覚悟のほどが、わかっただけだったね」

と、十津川は、パトカーに戻りながら、亀井にいった。

「岩崎伸と五十嵐杏子の線から、残りの二人が浮かんでこないのは、なぜなんで

すかね？」

と、亀井が、きく。

「たぶん、向こうで知り合ったからだろう。岩崎伸と五十嵐杏子はシーマを持っていなかったから、残りの二人のどちらかが、その車を持っていたんだ」

「その二人は、カップルかもしれませんね」

「夫婦か、恋人同士かということかい？」

と、十津川は、きく。

十津川と、亀井は、車に乗りこんだが、すぐには車を出さず、フロントガラス越しに青蛾書房を見つめた。

電気が消え、主《あるじ》のいない書店は、十津川には、抜け殻のように見えた。

三年前、藤岡は上京し、ここに小さな書店を構えた。客の目には、本好きで、いつもにこにこしている優しそうな本屋の親爺に見えていたろう。十津川にも、最初は、そう見えていたのだ。だが、三年間、藤岡はずっと、復讐の炎を燃やし続けていたに違いないのである。

「おそらく、夫婦だと思いますね」

と、亀井が、いった。

「なぜ、そう思うんだ？」

「徳島の脇町で、親切心で泊めてくれた家を燃やし、その上、新婚夫婦を焼死させてしまったわけです。たいていの人間は、自責の念で、参ってしまうはずです。もし、最後の二人がばらばらだったら、どちらかが事件のことを他人に漏らすか、家人につき添われて出頭してきたと思うのです。ほかの二人が次々に殺されたあとは、恐怖に襲われて、警察に出頭してきたと思いますね。ところが、それがなかったのは、最後の二人の間の絆が強くて、お互いに励まし合って、恐怖や不安と闘っているんだと思います」

「同感だな。確かに、夫婦、それも、まだ愛が冷めていない若夫婦の感じが強いね」

と、十津川も、いった。

そうだとすると、自責や恐怖で、出頭してくる可能性は、うすいと見なければならない。

シーマの洗い出しのほうも、うまくいかなかった。やはり、数が多すぎるのだ。

藤岡も、どこへ消えてしまったのか、消息が摑めない。

彼が、ひょっとして、自宅のあった脇町に現れるのではないかということで、徳島県警は見張りをつけたし、十津川も青蛾書房に監視をつけた。

だが、どちらにも、藤岡は現れなかった。

いたずらに、日数だけが、すぎていった。

その間、進展したことといえば、十津川の家のミーコと、藤岡の置いていった居候が、いつの間にか仲よくなり、居候の懐《ふところ》にもぐりこんでミーコが眠るようになったことだけだった。

「仲よくなったわよ」

と、妻の直子は、はしゃいでいる。ミーコが大きくなれば、居候との間に子供が生まれるのだろうか。

いつの間にか梅雨が明けて、からっとした真夏の太陽が、連日顔を出すようになった。

相変わらず、藤岡の行方はわからず、最後の二人の身元もわからなかった。

そして、八月になった。

十津川には、八月に、ひとつの期待があった。

八月十二日から十五日まで、徳島でおこなわれる阿波おどりのことだった。

三

年前、同じ阿波おどりの最中に、あの悲劇が起きているからである。

十津川は、徳島県警に、前もって自分の意見を伝えた。

そして、八月十一日に、十津川自身、亀井を連れて徳島に渡った。徳島市内の県警本部にいき、改めて自分の意見を伝えた。

「明日の十二日から、十五日までの阿波おどりの期間中に、藤岡は必ず、最後の二人を殺そうとするはずです。そのために今まで、待っていたに違いありません」

と、十津川は、本部長や、こちらで捜査の指揮をとる若木警部に向かっていった。

「それは、何か根拠があってのことですか？」

と、若木警部が、硬い表情できく。

「ありません」

と、十津川がいうと、若木は険しい表情になって、

「根拠がないんですか？」

「ありませんが、藤岡の息子夫婦が亡くなって、ちょうど三年です。三年目の阿波おどりです。その時に、最後の決着をつけたいと思うのは、自然ですから

ね」

「それだけですか？」

「それで、充分です」

と、十津川は、いった。

「しかし、十津川さん。阿波おどりといっても、十二日から十五日まで四日間あるんですよ。その何日目に、どこで殺すかもわからないわけでしょう？」

と、若木は、いう。

十津川は、次第に腹が立ってきた。

「そこまでわかっていたら、私ひとりで次の殺人を防げますよ」

と、強い調子で、いってしまった。

本部長が、当惑した顔で、

「われわれの間で喧嘩をしても、仕方がない。とにかく、すでに二人の人間が殺されているんだよ。何とかして犯人を捕まえなければ、警察の信用がなくなるんだ。つまらないいい合いはやめようじゃないか」

と、いった。

「わかりました」

と、若木は、いった。が、警視庁がやってきて、こちらの捜査を引っ掻き回さないでくれという気持ちが、その表情に残っていた。

お互いに、連絡を取り合うことだけを約束して、十津川は、亀井と、予約しておいた眉山近くのホテルにチェックインした。

「藤岡は、本当に、くるんでしょうか？」

と、亀井も、不安気にきく。

「たぶん、もう徳島にきていると思うよ」

と、十津川は、いった。

「残りの二人の男女もですか？」

「ああ。きているね」

と、十津川は、いった。

「その二人は、なぜ、徳島へくるんでしょうか？　危険だとは、思わないんでしょうか？」

と、亀井が、きいた。

「もちろん、危険はしってるさ。岩崎伸と五十嵐杏子が殺されているんだからね。それにもかかわらず、二人がくるとすれば、彼らがこなければならない地位とか、仕事についているということだと思うんだな、藤岡もそれをしっていて、やってくる」

「どんな地位とか仕事でしょうか？」

「断定はできないが、例えば、東京で阿波おどりの会に入っていて、必ずいくことになっているとか、最近の仕事が、阿波おどりに関係していて、どうしても実際の阿波おどりを見なければならないといったことだね」

と、十津川は、いった。

耳をすませると、明日からの阿波おどりに備えて、練習している三味線やかけ声が、きこえてくる。

阿波おどりには、連《れん》と呼ばれるグループがいくつもある。どこかの連が、このホテルの近くで練習しているのだろう。

急に、電話が鳴った。

十津川が受話器を取ると、交換手が、東京からですといい、妻の直子の声に代わった。

「ついさっき、藤岡さんから電話があったわ」

と、直子が、いう。

「本当か？」

思わず、声が大きくなった。

「藤岡ですといったし、声も覚えてるわ」

「それで、彼は、何だって？」

「猫は、元気にしてますかって」

「ふーん」

「元気だから、安心して下さいっていって、今、どこにいるんですかってきいたら、電話を切っちゃったわ」

「答えずにか」

「でも、だいたいの想像はついたわ。小さくだけど、三味線と、えらいやっちゃという男の人のかけ声が、きこえたわ。だから、徳島から、かけてたんだわ」

「阿波おどりの練習だ」

「今も、きこえてるわね」

「このホテルの近くで、練習してるんだ」

と、十津川は、いった。

十津川が電話を切ると、亀井が緊張した顔で、

「藤岡は、やはりもうきてるんですか？」

「ああ、きている、彼の泊まっているホテルか、旅館の近くで、阿波おどりの練習をしているらしい」

「まさか、このホテルじゃないでしょうね？」

「市内のどこにでも、何とか連が練習してるんだろう」

と、十津川は、いった。

「いつ、藤岡は、殺すんでしょうか？」

「たぶん、十三日」

と、十津川は、いった。

9

十津川は、電話で、若木警部に、藤岡がすでに徳島にきていることを、告げた。

「だから問題の二人もきていると思いますよ」

と、十津川は、いっておいた。

翌日の夜になると、市内のすべての場所が、イベント会場になった。

踊る人が五万人、それを見に集まる観客が百万人を超えるといわれる。

演舞場の両側には桟敷が造られ、その間を、各種の連が技を競う。

そのほか、いろいろな場所で、踊りが繰り広げられる。

どこの路地でも、編笠姿の女たちと、浴衣の尻をからげ、手拭の捩じり鉢巻姿の男たちが、踊っている。彼らは踊りながら移動して、広場や演舞場に、繰り出していくのだ。

十津川と亀井も、ホテルを出たが、

「これでは、どこへいったらいいのか、わかりませんね」

と、亀井が、悲鳴をあげた。それに、みんな同じような格好をしているので、藤岡を捜すのも難しい。

結局、疲れて、二人はホテルへ戻ったのだが、この日は何事も起きなかった。

翌十三日も、朝から快晴で、猛烈な暑さだった。

台風が南方洋上で発生したと、テレビは告げていたが、阿波おどりの終わる十五日までできそうもない。

十津川は、今日こそと思い、亀井と腹ごしらえをしてから、陽が落ちると、ホテルを出た。

昨夜と同じように、いくつもの連が、踊り狂いながら、練り歩いてくる。公園で、自分たちだけで、踊っているグループもいる。

「どこへいきますか？」

と、亀井が、きく。

「一番、人の集まる演舞場へいってみよう」

「そこへ、藤岡たちもくると思いますか？」

「わからないが、例の二人がもし仕事できているとしたら、一番賑やかな場所へいくんじゃないかと思ってね」

「じゃあ、いきましょう」

と、亀井が、いった。

だが、肝心の演舞場の周囲は、人々の波で、なかなか近づけない。

午後七時と九時の二回に、各連が集まってくる。演舞場に通じる道路は、彼らに占領されてしまっている。踊り狂いながら、道路を移動し、観客の待つ演舞場に集まってくるのだ。

いろいろな連がある。地区の名前をつけた連もあれば、外国人だけの連もある。

次から次へと通りすぎていくのを、十津川と亀井は、必死で見つめた。

だが、見つからない。どこもかしこも人、人なのだ。このなかから藤岡を見つけ出すのは、至難の業だった。

疲れだけが、たまっていく。時間はどんどん経過していき、人いきれと喧噪が、少しずつ消えていく。

踊り疲れた人々は家に帰り始め、観光客はホテル、旅館に帰っていくのだ。

人影がまばらになったが、十津川と亀井は、ホテルには戻らず、歩き続けた。

その時、背後から、けたたましいサイレンの音をひびかせて、パトカーが近づいてきた。

「十津川さん！」

と、呼ばれて振り向くと、パトカーのなかから、若木警部が怒鳴っていた。

二人は駆け寄り、そのパトカーに乗せてもらった。

「Sホテル近くで、死体発見のしらせが入ったんです！」

と、サイレンの音に負けまいと、若木が大声を出す。

「Sホテルなら、私たちが泊まっているホテルですよ」

と、十津川が、いう。

「そして、五十嵐杏子が殺されたホテルです」

「だから私たちも、そのホテルを選んだんですがね」

と、十津川がいっている間に、パトカーは現場に到着した。

Sホテル近くのうす暗い路地に、十津川たちは歩いて入っていった。

制服の警官が、懐中電灯で、手招きする。

そこに、浴衣姿の男が、俯せに倒れていた。傍にカメラが転がっている。それも、二台。
三十二、三歳の男に見える。
若木が、刑事に指図して、男を仰向けにした。

ほかの車から降りてきた検視官が、慎重に診《み》ていたが、若木に向かって、

「死後十五、六分だろうね。死因は、後頭部の傷だ。スパナかハンマーか、鈍器で、少なくとも、三回は殴られている」

と、いった。

「浴衣のマークは、Nホテルのものです」

と、刑事のひとりが、いった。

「Nホテル？」

「そうです。阿波おどりの期間、ホテルで浴衣を貸すんです」

と、その刑事は、いった。

Nホテルは、十津川たちの泊まっているSホテルの隣にある。

刑事たちは、すぐ、Nホテルに急行した。

フロントで、死んだ男の人相をいうと、

「それなら、東京からいらっしゃった北原《きたはら》ご夫妻だと思います」

と、いい、宿泊者カードを見せてくれた。

そこには、北原整《せい》、あき子と、書かれてあった。

「このあき子さんは、どこにいます？」

と、若木が、きいた。

「ご一緒に、午後六時すぎに、出かけられました。ご主人が、雑誌の取材で、阿波おどりの取材にきたんだといわれ、カメラを持って、お出かけになったんです」

と、フロント係は、いった。

「いつ、チェックインしたんですか？」

「十日から、きていらっしゃいます。ああ、奥さんのほうは、テープレコーダーを持って、出かけられましたよ。阿波おどりの音をとりたいとおっしゃって――」

「じゃあ、夫婦で、阿波おどりの取材にきたんですか？」

「そうみたいですね。ご主人は、カメラマンだということでしたよ」

と、フロント係は、いった。

「徳島には、車できたんですか？　それとも飛行機で？」

と、十津川が、いった。

「車です。地下駐車場に、おいてあります」

と、フロント係はいい、十津川たちを駐車場へ案内した。

だが、フロント係は、急に、

「おかしいな。ありませんね。取材には歩いていくと、いわれたんですがね」

「車は、シーマですか？」

「いえ、白のスカイラインです」

と、フロント係はいい、車のナンバーを、教えてくれた。

だが、この北原夫妻が、果たして、問題の二人かどうかは、不明だった。二人の部屋を調べたが、それでも断定できるものは見つからなかった。

「とにかく、藤岡を指名手配しましょう」

と、若木が十津川に、いった。

「そうして下さい」

「十津川さんは、どうされますか？」

「パトカーを一台、借してくれませんか」

と、十津川は、いった。

「どうするんですか？」

「北原あき子のほうが、行方不明になっています。彼女を捜したい」

「しかし、どこにいるか、わからんでしょう。もう、死んでいるかもしれんし
――」

と、若木が、いった。

「そのとおりですが、何とかやってみます」

「運転手はつけますか？」

「いや、車だけで、結構です」

と、十津川は、いった。

10

十津川が、ハンドルを握った。

助手席の亀井に、四国の地図を渡して、

「脇町へいく道を、見つけてくれ」

と、いった。

「脇町というと、藤岡の家があったところですね？」

「そうだ。藤岡が、北原の奥さんをスカイラインに乗せたとすれば、行き先は、たぶん、脇町だ。そこで、最後の幕をおろす気だと思うね。私が藤岡だったら、そうするね」

と、十津川は、いった。

亀井が道順を調べ、十津川はパトカーをスタートさせた。

兵《つわもの》どもが夢の跡といった感じの夜中の町を通り抜け、国道１９２号線に入った。あとは、西へ向かって、突っ走るだけだ。

「パトカーが一台、ついてきますよ」

と、亀井が、バックミラーに目をやって、いった。

「そうか」

「勝手にいかせたが、私たちが藤岡を捕まえてしまうんじゃないかと、心配になって、若木警部が、尾行させてるんでしょう」

と、亀井が、皮肉ないい方をした。

「それなら、藤岡を、ぜひ、捕まえたいね。これが、夫婦喧嘩か何かで、奥さんが旦那を殺して車で逃げたんだったりしたら、みっともないからね」

と、十津川は、いった。

「そんなことはないと、思いますが――」

「祈ってくれよ。カメさん」

と、十津川は、半ば本気でいって、笑った。

国道192号線は、徳島線の線路と吉野川に挟まれた感じで、延びている。

「脇町へ向かって曲る地点にきたら、教えてくれよ」

と、十津川は、大声でいった。

亀井の合図で、右へ折れる。ライトのなかに、見覚えのある脇町の建物が見えてきた。

あとは、楽だった。

藤岡の家があった場所に着いた。が、白いスカイラインも、藤岡の姿もなかった。

(間違えたか?)

と、十津川は、一瞬、不安に襲われた。

妻のあき子が夫を殺したのなら、今頃車で、反対方向へ逃げているだろう。

「どうしますか?」

と、亀井も、やや慌てた声を出した。

「捜してみよう」

と、十津川は、いった。

再び、車をスタートさせ、脇町のなかを走り回ることにした。

もう一台のパトカーがついてこないところをみると、向こうは、十津川が失敗したと思ったのだろう。

スカイラインも、藤岡も、なかなか見つからない。

「あれ!」

と、ふいに、亀井が大声で前方を指さした。

川岸に、白い車が、駐まっているのが見えた。

スカイラインだった。こちらのライトに映るプレートには、東京のナンバーが記入されている。

だが、その近くに、人影はない。

十津川は、車を停めると、外へ出て、亀井と二人、そっとスカイラインに近寄っていった。

その時、急に、スカイラインの運転席から、小柄な人影が出てきた。

その人間は、スカイラインの後ろに回り、車を押し始めた。

スカイラインは、ずるずると、川に向かって動き出した。

運転席に、ぼんやり人影が見える。

その人間ごと、川に車を沈める気なのだ。

「やめなさい！　やめるんだ！」

と、十津川は、叫んだ。

スカイラインを押していた人間の手が、止まった。

「藤岡さん、やめるんだ！」

と、十津川はもう一度、叫んだ。

相手は、また、車を押そうとする。十津川は、飛びつき、相手をはね飛ばした。

その間に、亀井が、運転席のドアを開け、そこに座っていた女を、引きずり出した。

女は気絶していて、ぐんにゃりとなっている。

十津川は、倒れた男を引っ張って、起こした。

やはり、藤岡だった。

「女は、息があります！」

と、亀井が、大声で怒鳴っている。

「藤岡さん、もう、やめなさい」

と、十津川は藤岡に向かって、声をかけた。

ぼんやりしたうす明かりの下で、藤岡の顔がゆがむのが見えた。

「カメさん。無線で救急車を呼ぶんだ」

と、十津川は亀井にいってから、藤岡に向かって、

「いろいろと調べて、藤岡さんがなぜ復讐する気になったのか、わかりましたよ」

「それなら、あの女も、殺させて下さい。それで、すべてが、終わるんです」

藤岡は、掠れた声で、いった。

「私は、刑事ですよ。そんなことを、認めるはずがないでしょう」

と、十津川は、腹立たしげにいった。

「そうだ。あなたは、刑事さんでしたね」

藤岡が、自嘲気味に、いった。

11

救急車で病院に運ばれ、気がついた北原あき子は、次のように証言した。

夫の北原はカメラマンで、八月になると、必ずといっていいほど、阿波おどりの取材を頼まれた。

三年前の八月十三日も、夫婦で車に乗り、阿波おどりの取材にきた。

だが、急にやってきたので、ホテル、旅館に部屋がとれなかった。そこで、徳島線沿いの国道192号線を車で走らせ、泊まれる場所を探した。

その途中で、同じように泊まる場所を探している男女に出会った。最初は、恋人同士か、夫婦者と思ったのだが、車に乗せてやってからきくと、徳島へくる途中で知り合った即成のカップルと、わかった。

脇町までいって、やっと泊まる場所が見つかった。

昔、旅館だったという家である。

北原あき子は、夫と、夕食のあと、徳島市内へ車で戻り、阿波おどりの取材にいくつもりだった。

藤岡は、夕食に鮎をご馳走しましょうといって、吉野川に釣りに出かけた。

その留守に、四人は缶ビールを飲み、旅先の気軽さと腹がへったこととで、一階の台所で持っていたとうもろこしを焼いたり、冷蔵庫にあった肉を焼いたりし始めた。

少しばかり酔っていたので、煙があがっても、やめずに続けた。

突然、炎が吹きあがった。

たちまち、カーテンや暖簾に、燃え移った。そうなると、もう手がつけられない。

四人は、車で、逃げ出した。

二階で藤岡の息子夫婦が焼死したのをしったのは、車のラジオでだった。

もう、阿波おどりの取材どころではなかった。四人は、徳島から、逃げ出した。

その後、八月になると、また阿波おどりの取材を頼まれたが、あき子も夫の北原も、さすがにいく気になれず、断った。

そして、三年目の今年、また、頼まれた。もう断り切れなくなって、あき子たちは車で徳島に出かけた。

*

「岩崎伸と五十嵐杏子が徳島で殺されたのは、しらなかったのかね?」

と、十津川が、きいた。

「しっていましたわ。でも、その前に、今年こそ阿波おどりの取材にいくと、雑誌社と約束してしまっていたので、いかざるを得ませんでしたわ。それに、岩崎さんと杏子さんを殺したのは誰か、しりたかったんですよ」

と、あき子は、答えた。

今夜は、阿波おどりの取材に夫と出かけ、十一時近くにホテルに戻ってきた時、いきなり襲われた。

夫は、後頭部を何度も殴られて、倒れてしまった。

あき子が、逃げようとすると、ナイフで脅され、ホテルの地下駐車場に連れていかれ、車に乗せられた。その時になって、初めて相手が藤岡だとわかったと、あき子はいった。

藤岡は、徳島県警で尋問を受けることになった。

彼は、すべてを、すらすらと喋った。

十津川は、若木警部のあとで尋問に当たったが、もう藤岡にきくことはなくなっていた。

だから、取調室で藤岡に会うと、十津川は自然に微笑してしまった。

「あなたのシャム猫は、元気ですよ。うちのメス猫のミーコと、仲よくしています」

と、十津川は、いった。

「一週間だけと、奥さんに嘘をついて、申しわけありません」

と、藤岡は、頭をさげた。

「いや、家内は喜んでいますよ。ちょうどオスのシャム猫がほしかったところだといってね」

「私は、どうしても許せなくて、こんなことをしでかしてしまいました」

藤岡は、十津川と亀井に、いった。

「もう終わったんですよ」

とだけ、十津川は、いった。

死への週末列車

1

年が明けてから、雪の日が、多くなった。

本格的な、雪の季節を迎えたのである。それでも、能登《のと》半島の和倉《わくら》では、例年より、活気が見えた。

週末だけだが、大阪《おおさか》から直通の特急列車「ゆぅトピア和倉」が、くるようになったからである。

今まで、直通列車がなかったのは、大阪から金沢《かなざわ》までは、電化されているが、金沢から、和倉までの七尾《ななお》線が、非電化だったからである。

大阪から、和倉へ、直通列車を走らせるため、電車に、ジーゼル車を連結するという面白い編成が、とられた。

そのために、新しく二両編成の気動車が、造られた。

窓が大きく、展望室のある気動車である。これが、特急「ゆぅトピア和倉」だった。二両編成なので、前後に、展望室ができることになる。

全車グリーン席で、リクライニングシートで、ゆったりとしている。展望室の前面は、斜めの大きなガラスで、前方の視界が、素晴らしい。

この二両編成の特急「ゆぅトピア和倉」は、大阪で、北陸《ほくりく》本線のL特急「雷鳥《らいちょう》9号」に、連結される。

金沢までは、電車のL特急「雷鳥9号」に、牽引《けんいん》されて走るわけで、金沢で切り離され、和倉まで、本来のジーゼルエンジンで、走る。

カメラマンの中村《なかむら》は、和倉温泉と、特急「ゆぅトピア和倉」の写真を頼まれて、東京から、まず、大阪へ飛んだ。

アサヒ書房という小さな出版社が「旅と乗り物」という写真を主にした本を出すことになり、それに載せる写真の一つである。

時刻表によれば、L特急「雷鳥9号」の大阪発は、一〇時二〇分である。連結されている特急「ゆぅトピア和倉」の発車時刻も、当然同じになる。

中村は、切符を買い、大阪駅の11番線ホームに降りていった。

十分前に、L特急「雷鳥9号」が、ゆっくりと、入ってきた。「雷鳥」のヘッドマークをつけた、オレンジ色の車体に、赤い線が入った、見なれた列車である。

ただ、ほかの「雷鳥」と違うのは、十両編成の列車の後ろに、ひどく派手な二両編成の気動車が、くっついていることだった。

青と白のツートンカラーで、前面ガラスに傾斜のついた、いかにも、観光用に造られたという車両である。

傾斜のついた前面ガラスは、六つにわけられて、それぞれに、ワイパーがついている。前方が、展望室なので、展望が悪くならないためだろうが、六本のワイパーが、いっせいに動き出すと、さぞ、壮観だろうと、中村は、思った。

中村は、ホームで、何枚か、写真を撮《と》ってから、乗りこんだ。

背中合わせに連結された形の特急「ゆぅトピア和倉」は、両端に、展望室がある格好になっている。

金沢まで、この気動車を引っ張っていくL特急「雷鳥9号」との間には、通路がないから、独立した列車という感じだった。

二月初旬で、冬休みも、とうに終わり、といって、春の観光シーズンにもまだなので、車内は、すいていた。

定員は、一両で、三十六人だが、半分ほどしか、座席は、埋まっていない。発車間際になれば、もう少し、乗ってくるだろうと思っていたが、そのままの状態で、一〇時二〇分に、発車してしまった。

中村は、自分の座席に、カメラケースを置くと、一番好きなライカを持って、車内を、見て回った。

最初、中村は、まったく同じ車両を、二両、背中合わせに連結してあると思っていたのだが、よく見ると、微妙に、違っていた。

最後尾が1号車で「雷鳥9号」に近いほうを2号車（正確には1001号車）とすると、どちらも、展望室と、客室があるのは同じだが、まず、座席の色が、違っている。

1号車のほうは、展望室がグリーンで、客室はブルーである。

2号車のほうは、展望室がレッドで、客室はブラウンになっている。展望室の椅子も、少し違っている。

1号車には、展望室の反対の端に、洋式トイレ、洗面所、水タンク、屑物入れがあり、2号車には、車内販売の準備室と、公衆電話が、ついていた。

中村は、そんな設備を、こまめに、フィルムに、おさめていった。

列車は、新大阪《しんおおさか》、京都《きょうと》と、停車していく。

その度《たび》に、中村の乗っている特急「ゆぅトピア和倉」のドアも開き、京都では、新しく、若いカップルが乗ってきた。

しかし、次に、敦賀《つるが》で、停車した時は「雷鳥9号」のドアは、開いたが「ゆぅトピア和倉」のドアは、開かない。

中村は、車掌を見つけて、

「こっちのドアは、開きませんね」

と、いうと、車掌は、笑って、

「『雷鳥』に、連結されていますが、この『ゆぅトピア和倉』は、まったくべつの特急列車なんです。本来は、京都から金沢までは、停車しないことになっているので、ドアは、開けません」

と、いう。

ドアの開閉は、新大阪、京都では、一緒におこなわれたが、実際には「雷鳥」と、こちらでは、各自、勝手に、やっていたのである。

「雪が降ってきましたよ」

と、車掌が、中村に、いった。

2

窓の外に、粉雪が、舞っている。と、いうより、車窓に広がる景色が、白一色に変わってきた。

雪国に入ったという感じである。

中村は、最後尾の1号車の展望室にいってみた。

両側の窓も大きいが、後方の窓ガラスも大きく、視界は、素晴らしい。

回転椅子が二つと、固定式のソファが、六つ並んでいた。

雪は、だんだん、激しくなって、窓ガラスの向こうが、真っ白になってきた。

それも、面白いので、写真を撮っていると、急に、展望室で、カラオケが始まった。

五、六人のグループである。どこかの会社の社員だろう。「ゆぅトピア和倉」には、ビデオカラオケの設備もついているから、カラオケを始めてもいいのだが、中村は、へきえきして、隣の2号車のほうへ、避難した。

こちらの展望室に落ち着くと、彼と同じように、逃げてきた女性が、いた。

二十五、六歳の、長身の女性だった。ちょっと、冷たい感じのする横顔だった
が、中村は、一緒に、逃げ出してきたという気安さから、

「僕は、どうも、ああいうのは、苦手で」

と、いうと、彼女も、微笑して、

「ええ。私も」

と、うなずいた。

「和倉までいかれるんですか？」

「ええ」

「僕は、取材でしてね。今は、温泉ブームだから」

と、いったような会話が続いて、中村は、その間に、何枚か、彼女の写真を撮
った。

彼女は、別に、いやな顔はしなかった。

中村が、名刺を渡すと、彼女のほうも「島村真理子《しまむらまりこ》」と、名前を、いった。

その間も、列車は、武生《たけふ》、福井《ふくい》、芦原《あわら》温泉、加賀《かが》温泉、小松《こまつ》と停車していく
が、牽引している「雷鳥9号」のみが、ドアを開閉して、乗客を乗り降りさせて
いるだけで、こちらの「ゆぅトピア和倉」はただ「雷鳥9号」の仕事がすんで、

走り出すのを、待っている。

雪は、少しずつ、激しくなって、列車が、遅れ出した。

「私、電話してこないと」

と、島村真理子は、急に立ちあがって、連結部分の近くにある公衆電話のところへ、歩いていった。

和倉に着くのが、少し遅れると、電話しにいったのだろうか。

(それとも、向こうで、恋人と、待ち合わせなのか)

と、思い、少しばかり、憮然としていると、彼女が、戻ってきた。

手に、缶ビールを二本持っていて、

「お飲みになりません?」

と、その一本を、中村に、差し出した。

自然と、中村は、楽しい気分になってきた。二歳年下の妻と、三歳の子供がいるのだが、旅先のアバンチュールを楽しむのも、悪くないだろう。

「じゃあ、僕が、何か、つまむものを、買ってきましょう」

中村は、慌てていい、通路を、1号車のほうへ、歩いていった。

彼女が「そんなこと――」と、いったが、中村は、浮き浮きした気分で、車内販売の準備室へいってみた。

そこは、売店になっていたが、あまり、品物は、多くない。

何がいいだろうと、考えているうちに、列車は、金沢に着いた。

牽引してきた「雷鳥9号」は、ここが、終着である。

「ビールのおつまみが、何かないかな？」

と、中村は、いってから、そこに、缶ビールが、置いてないことに、気がついた。

「あれ？」

という感じで、中村は、

「缶ビールは、売ってないの？」

「ええ。ありませんけど」

と、車内販売の女の子が、いった。変だなと、思いながら、中村は、ピーナッツを二袋買って、展望室に戻り、一つを、彼女に、渡した。

「雷鳥9号」が引き離されて、気動車二両だけになった「ゆぅトピア和倉」は、ジーゼルエンジンの音を、ひびかせて、金沢を、発車した。

今まで、目の前のガラス窓には「雷鳥9号」のお尻があって、展望がきかなかったのだが、それが消えて、パノラマのような、広い視界になった。

金沢から、運転士が乗ってきたのだが、運転席が、一段低くなっているので、展望の邪魔にはならない。

いつもの中村なら、金沢のホームに飛び降りて「雷鳥9号」が、切り離される瞬間を撮り、ホームの様子を撮り、二両になった「ゆぅトピア和倉」を撮るのだが、今は、目の前の島村真理子が、気になって、仕方がなかった。

(缶ビールは、車内の売店では、売ってなかった。となると、どこから、持ってきたのだろうか?)

と、それが、胸に引っかかってしまっている。

缶ビールを、スーツケースにつめて、旅に出るような女にも、見えないのだ。

(まさか、このなかに、毒が入っていることもないだろうが)

と、考えたりしていると、彼女のほうは、にこにこしながら、美味《うま》そうに、ビールを飲んでいる。

中村も、嫌いではないから、思い切って、飲んだ。

別に、胸が苦しくもならない。

少しでも、妙な心配をしたことが、馬鹿らしくなってきて、残りは、いっきに、飲み干してしまった。

雪のほうは、いっこうに、やむ気配がなく、完全な吹雪になってしまった。

時刻表では、金沢から、和倉まで、一時間半足らずだが、このぶんでは、かなり、遅れそうである。

「ビール、お好きなんですね？」

と、島村真理子が、笑顔で、いった。

「好きですよ。このなかで、売ってないとしってたら、金沢でホームに降りて、買っておくんでした」

「私が、持っているから、取ってきますわ」

「どこで、買ったんです？」

「京都で、買っておいたんですわ。私って、ビールが、好きなんです」

くすっと、笑って見せてから、彼女は、1号車のほうへ歩いていき、間もなく、新しい缶ビールを、二本持ってきた。

「悪いな。和倉に着いたら、今度は、僕が、ご馳走しますよ」

と、中村は、少しばかり、浮かれ気味にいい、缶ビールで、乾杯した。

「向こうの展望室では、相変わらず、カラオケ大会を、やっていましたわ」

と、真理子は、笑いながらいう。

「しょうがないなあ」

「写真を撮ったら、面白いんじゃないかしら？　車内風景として」

「そうだ。ちょっと、撮ってきますよ」

中村は、急に、職業意識に目覚めた感じで、カメラを持って、後ろの展望室へいってみた。

なるほど、カラオケ大会の最中だった。さっきのグループに、ほかの乗客も一緒になっている。

中村が、カメラを向けると、Vサインをして見せたりした。

この吹雪では、窓の外の景色を楽しむわけにもいかず、持参の酒で、景気をつけて、カラオケ大会になったのかもしれない。

列車のスピードが、急に、遅くなった。

「ゆぅトピア和倉」は、金沢から、和倉まで、ノンストップだから、雪で、スピードを落とさざるを得なくなったのだろうか。

(彼女と一緒なら、雪のなかで、立往生も、悪くないな)

と、思いながら、中村は、2号車のほうへ戻りかけて、急に、体が、だるくなってくるのを感じた。
(酔ったらしい)
と、思った。不快な感じはなくて、やたらに、だるいのだ。
眠くもある。こらえ切れなくなって、近くの空《あ》いた席に、倒れこんでしまった。
(弱くなったな。俺も)
と、思っているうちに、中村は、眠ってしまった。

3

やたらに、がやがやとうるさいので、中村は、目を覚ました。
まだ、眠い。
列車は、停車していた。
(和倉へ着いたのか?)
と、思ったが、それにしては、乗客が、まだ、車内にいる。
(何を、騒いでいるんだろう?)

中村は、立ちあがって、そのほうへ、通路を、歩いていった。

二両の連結部近くに、乗客が、集まっている。

トイレや洗面所がある場所である。中村は爪先《つまさき》立って、人々の後ろから、覗きこんだ。

トイレのドアが開き、そこから、倒れ出てきた感じで、中年の男が、俯せに、横たわっているのが見えた。

「あっ」

と、中村が、声をあげたのは、その男の後頭部が、ざくろのように割れて、血で、赤く染っていたからである。

「どうしたの？」

「死んでるの？」

と、乗客のなかの若い女が、蒼い顔で、叫ぶように、いう。

「皆さん、静かにして下さい」

と、車掌が、顔をこわばらせて、集まった乗客に向かって、いった。

「死んでるのか？」

と、男の声が、きいた。

「わかりません。皆さんのなかに、お医者さんはいませんか！」

車掌が、大声で、怒鳴った。

返事はなかった。が、代わりに、二十七、八の男が、倒れている男の横に屈みこみ、冷静な態度で、手首の脈をみた。

「これは、医師を呼ぶ必要はないね」

と、車掌に、いった。

「死んでるんですか？」

と、車掌が、きく。ほかの乗客も、じっと、その男を見つめた。

「死んでいる。間違いないですね」

と、男は、いってから、警察手帳を見せた。

「警視庁の日下刑事です」

「刑事さんなら助かります。どうしたらいいですか？」

車掌は、蒼い顔で、きいた。

「とにかく、何か、かぶせてあげたいな。このままでは、可哀相だから」

「毛布を持ってきます」

と、車掌は、いい、乗務員室から、毛布を持ってきて、死体に、かぶせた。

「今、どのあたりですか？」

と、日下は、窓の外に、目をやった。相変わらず、外は、白一色で、何も見えない。

「間もなく、能登部《のとべ》だと思いますが、このぶんでは、なかなか、動きそうもありません」

「雪崩《なだれ》があったんですか？」

「ええ。前方で、雪崩があって、線路が、雪で、埋まってしまったんです。電話で、助けを呼んでいますが」

「もう一度、電話して、車内で、殺人があったと、伝えて下さい」

と、日下は、いってから、トイレのなかを覗き、そこに落ちていたカメラを拾いあげた。

それを、高く掲げて、

「これは、誰のカメラですか？」

と、大声で、きいた。

4

中村は、顔色を変えた。彼が、愛用しているライカだったからである。

しかも、そのカメラには、血がこびりついている。

声が出ずに、見守っていると、日下刑事が、じろりと、中村を見た。

「あなたのカメラですか？」

と、きいた。

違うという言葉が出ずに、押し黙っていると、

「こっちへきて下さい」

と、日下に、腕を摑まれて、毛布で蔽《おお》った死体の傍へ、引っ張られた。

日下は、毛布をどけて、

「あなたのしってる人ですか？」

「しりませんよ。こんな男は」

「じゃあ、顔も、よく見て下さい」

日下は、死体を、仰向けにした。中年の男の顔が、現れた。死人の顔だ。

「どうです？　しらない顔ですか？」

と、日下刑事がきく。

「しりませんね」

「あなたは、東京の方ですか？」

「ええ。東京の世田谷《せたがや》区に住んでいます。名前は、中村明《あきら》。カメラマンですよ」

「東京のカメラマンですか？」

と、うなずきながら、日下は、死体の背広のポケットを、探《さぐ》っていたが、名刺入れを見つけて、そのなかの名刺を、取り出した。

「サラリーローン『ロビンス』常務、竹下幸次《たけしたこうじ》。会社は、東京の世田谷ですね。本当にしりませんか？　この男を」

日下刑事は、同じ何枚かの名刺の一枚を、中村に、手渡した。

中村の手が、かすかに、震えた。

死んでいる男のことは、よくわからない。が〈ロビンス〉というサラ金には、覚えがあるのだ。

金に困って、三回ほど、借りにいき、まだ、十二万円ほど、残がある。

借りにいった時、席の奥に、死体の男がいたような気もする。

（まずいな）

と、思うと、それが、顔に出たのか、日下は、

「しっているんじゃないですか？」

と、追及してきた。

「しりませんよ」

「この『ロビンス』というところから、お金を借りたことは、ありませんか？」

当然の質問が、きた。

「僕は、誰も、殺してませんよ。僕が寝ている間に、誰かが、僕のカメラで、その男を、殴って殺したんですよ」

「ずっと、寝ていたんですか？　それを、証明できますか？」

「証明って、いったって――」

「まだ、こちらの質問に、答えてくれていませんね。このサラ金から、お金を借りたことがあるんですか？」

「ありませんよ」

と、中村は、いった。あるといえば、それも、まだ、全部、返してないとなれば、犯人にされかねないと、思ったからである。

「本当ですか？」

日下が、疑り深そうにきいた時、車掌が、戻ってきてくれた。

「金沢から、臨時列車が、きてくれるそうです。それに、警察の人も、乗ってくると、いっていました」

と、車掌は、日下刑事に、報告した。

「どのくらい、かかりますか？」

「この雪ですからね。一時間は、かかると思います」

「ほかの列車は、近くにきているんじゃないんですか？」

「上りの急行『能登路《のとじ》』が、和倉を出て、こちらへ向かっているはずなんですが、前方に、雪崩があって、ストップしていると思います。ほかの列車も、この雪では、動けなくなっているんじゃないですか？」

「金沢からくる臨時列車は、大丈夫なんですか？」

「ジーゼル機関車を、重連にして、やってくるといっていますから、大丈夫と思います」

と、車掌は、いった。

「その列車が着いたら、その強力な馬力で、この『ゆぅトピア和倉』を、押してもらって、和倉へいくわけですか？」

「それは、できません」

「できないって、なぜです？」

日下刑事が、不思議そうに、きいた。

「不審に思われるのは、当然ですが、この『ゆぅトピア和倉』は、最初から『雷鳥』に、連結するように、改造されているんです」

「それは、わかっていますよ。しかし、なぜ、重連のジーゼル機関車に、押してもらえないのか、きいているんです」

「特急『雷鳥』は、ジーゼル車ではなくて、電車です」

「それは、わかっていますがね」

「電車と、ジーゼル車を連結して、動かすためには、改造が必要なんですよ。この『ゆぅトピア和倉』についていえば『雷鳥』と連結するために、まず、連結器を、電車用のものに改造しました。それから、連結中のブレーキを、電車からの指令で作動する電磁直通ブレーキに改造してあるんです。これで『雷鳥』という電車とは、連結できるようになりましたが、ほかのジーゼル車と、連結できなくなってしまったんです。この列車を造る時、当面、『雷鳥』と連結して、大阪―

和倉間を動かすだけということで、こういう改造になったんだと思います」

車掌は、額に、汗を浮かべて、説明した。

「すると、どうするんですか？」

と、日下が、きいた。

「重連の臨時列車が着いたら、それに、乗り換えていただくことになると思います。さもなければ、保線係が、前方の雪を除いてくれるのを待つかです」

「重連なら、雪崩で埋まった雪を、蹴散らせるんですか？」

「それも、わかりません。臨時列車には、金沢から、保線係が、乗ってくるということですから、その意見も、きいてみないと」

と、車掌は、いった。

「いずれにしろ、時間がかかるということですね」

日下刑事は、そういって、もう一度、死体に、目をやった。

5

「ドアは、絶対に、開けないで下さい」

日下は、車掌に、いった。

「わかりました」

「犯人は、このなかにいるはずですからね」

と、日下は、乗客を見回したが、その目はどうしても、中村に、いってしまう。

中村は、相変わらず、蒼い顔をして、黙っている。

「電話は、東京にも、かかりますか？」

と、日下は、車掌に、きいた。

「ＮＴＴの電話ですから、通じると思いますが、料金が、必要ですよ」

「足らなかったら、百円硬貨をかして下さい」

日下は、東京の警視庁に、電話をかけ、十津川警部に、出てもらった。

「日下君か。どうしたんだ？」

という、十津川の声が、きこえた。昨日は、東京で会っているのに、ひどく、懐しくきこえたのは、吹雪で、立往生してしまっている列車のなかにいるせいだろうか。それとも、この車内では、若い自分が、責任を持って、事態を、処理しなければならないからだろうか。

「今日中に、和倉へいくつもりだったんですが、吹雪と、雪崩で、二両編成の列車のなかに、閉じこめられてしまいました。その上、車内で、殺人事件が、発生しまして」

日下は、簡単に、事情を、説明した。

「それで、君が、解決しなければ、ならないわけか？」

「車内で、警察権を持っているのは、私ひとりのようです。車掌が、助けてくれると、思いますが」

「君なら、やれるよ」

と、十津川は、いってくれた。

「それで、至急、調べていただきたいことがあります」

日下は、殺された竹下幸次と、カメラマンの中村明の関係を、しりたいと、告げた。

「要するに、中村明が、そのサラリーローンから、金を借りているかどうか、わかれば、いいんだろう？」

「そうです」

「すぐ、電話して、きいてみるよ。七、八分したら、また、電話しなさい」

と、十津川は、いった。

日下は、いったん、電話を切り、八分してから、もう一度、十津川に、かけた。

「サラリーローンの『ロビンス』に、電話して、きいてみたよ。中村明というカメラマンは、ここから、三回、借りているね。しかも、現在、十二万円の未返済があって、督促されているね」

「やっぱり、そうですか」

「常務の竹下は、大事な取り引きがあるといって、昨日、行く先を告げずに、出かけたそうだ」

「助かりました」

「がんばれよ」

と、十津川は、いった。

日下は、2号車の展望室に、中村を、呼んだ。

窓の外は、相変わらずの吹雪である。

「あなたは、嘘をつきましたね。『ロビンス』から、三回、お金を借り、現在も、十二万円の借金があって、督促されていたそうですね?」

「――」

「黙っていると、よけい、不利になりますよ」

「確かに、まだ、十二万円借りています。しかし、十二万円で、人殺しは、しませんよ」

と、中村は、必死で、いった。

ほかの乗客が、遠巻きにして、眺めているので、どうしても、声が、うわずってしまう。

「一万円でも、人殺しの動機になることがありますよ」

と、日下は、いった。

「僕は、殺していませんよ。なぜ、殺すんですか？　ここに、今、八万円持ってるんです。殺すくらいなら、この八万円を、相手に、叩きつけていますよ。それで、気がおさまりますからね」

「八万円では、四万円足りませんね。それをなじられて、かっとなったんじゃありませんか？」

「違いますよ。僕は、あの男が『ロビンス』の人間どころか、この列車に乗っていることすら、しらなかったんです。本当ですよ」

「しかし、たった二両しかないんですよ。それに、乗客は、全部で、三十七人しかいないんです。定員が、七十二人だから、約半分です。それでも、気がつかなかったんですか？」

「ええ。気がつきませんでしたよ」

「しかし、車掌の話では、あなたは、カメラを持って、車内を歩き回っていたんでしょう？」

「それは、取材のためですよ」

と、中村は、いった。

「取材のためとはいっても、あなたは、車内を歩き回り、写真を撮っていた」

「ええ」

「それなら、彼に気づく割り合いは、かなり高かったはずですがねえ」

「そうかもしれませんが、僕は、現実に、気がつかなかったんです。それに
——」

「それに、何です？」

「ひょっとすると、僕は、罠にはめられたのかもしれないんです」

中村が、思い切った調子で、いった。

日下は、興味を感じて、

「どういうことですか？　それは」

「これは、あくまでも、僕の想像なんです。この列車に、美人が乗っていましてね。彼女と、仲よくなったんですが、ビールを、ご馳走になりましてね」

「それで？」

「そのビールを飲んだら、急に、眠くなったんですよ。その時は、まさか、ビールのなかに睡眠薬を入れられたなんて思いませんから、俺も、最近、アルコールに弱くなったなと、思ったんです。しかし、もしあれが、睡眠薬入りだったら、そうやって、僕を眠らせておき、その間に、僕のカメラを持っていって、それで殴り殺したんですよ」

「その女性は、もちろん、覚えているね？」

「ええ。自分では、島村真理子と、名乗っていましたよ」

「じゃあ、一緒に、捜してくれないか」

と、日下は、いった。

日下は、中村を連れて、車内を歩いていった。たった二両編成である。中村は、すぐ、

「彼女ですよ」

と、座席に腰をおろして、週刊誌を読んでいた女性を、指さした。

なるほど、魅力的な美人だった。

「島村真理子さん？」

と、日下が、声をかけると、彼女は、けげんそうに、

「いいえ。私は、柴田《しばた》めぐみといいますけど」

「そうですか。ちょっと、こっちへきていただけませんか」

と、日下はいい、2号車の展望室へ、連れていった。

傍に、中村を、座らせてから、

「この人を、しっていますか？」

と、日下は、柴田めぐみに、きいた。

めぐみは、ちらりと、中村を見て、

「写真を、たくさん撮っていらっしゃった方でしょう？　だから、覚えています
わ」

「この展望室で、お喋りをしたことは？」

「ここに、座っていたら、この方が、話しかけてきたので、受け答えはしました

けど、お喋りといえるのかどうか、わかりませんわ」

「二人で、ビールを飲んだことは、ありませんか？」

「ビールを？」

「この人は、あなたと、缶ビールを飲んだといっているんですがね」

「ええ、飲みましたわ。この方が、やたらに、飲みませんかと、すすめて下さったので、あまり断っては悪いと思って、飲みましたけど」

「すすめたのは、彼のほうだというんですか？」

「ええ、そうですわ」

「嘘だ！」

と、中村が、いった。

日下は、彼を、手で制してから、柴田めぐみに、

「彼は、あなたが、缶ビールを持ってきて、すすめてくれたと、いってるんですがね？」

「見ずしらずの男の人に、女性から、ビールをすすめます？　少なくとも、私は、そんなことはしませんわ。その人が、すすめて下さったので、お断りしては悪いと思って、飲んだんですけど」

「嘘だ。なぜ、そんな嘘をつくんですか？」

中村は、目を剝いた。

日下は、じっと、女を見た。冷静に見れば、彼女のいい分のほうが、正しくきこえる。初めて会った男女の、女のほうが、男に、酒をすすめるとは、ちょっと思えないからである。

しかし、中村のいうように、罠だったとしたら、どんなことでもするだろう。

「缶は、どうしました？」

と、日下は、女に、きいた。

「え？」

「飲んだあとの空缶です」

「ご馳走になったので、私が、捨てにいきましたけど」

「列車のなかの、屑かごですか？」

「ええ」

と、うなずいた。

「僕が、探してくる」

ふいに、中村が、立ちあがって、通路を走っていった。

日下は、追いかけようとせず、女に向かって、

「柴田めぐみさんでしたね？」

「ええ」

「何か、身分証明書のようなものは、持っていませんか？」

「私が、疑われているんですか？」

「そうじゃありませんが、一応、教えていただきたいんですよ」

「運転免許証を、持っていますけど」

と、彼女はいい、ハンドバッグから、運転免許証を出して、日下に見せた。

なるほど、柴田めぐみという名前である。

住所は、東京の四谷《よつや》三丁目のマンションだった。

日下は、手帳に、書き写してから、

「どこかに、お勤めですか？」

「ええ。N工業に、勤めていますけど」

「大企業ですね」

「そうでしょうか」

めぐみは、他人事《ひとごと》みたいないい方をした。

中村が、缶ビールの空缶を、抱えるようにして、戻ってきた。

「これで、全部です。このなかに、睡眠薬入りのビールが入っていた缶が、あるはずなんだ」

と、いいながら、空缶を、並べていった。

全部で、八缶である。

日下は、念のために、一つずつ、匂いを嗅《か》いでみたが、睡眠薬の匂いというのが、どういうものか、わからなくて、途中で、やめてしまった。

「ここでは、断定は、できませんね。道具がない」

「指紋は、どうですか？　何とかして、指紋が、とれませんか？」

「指紋をとって、どうするんです？」

「そうすれば、僕がすすめたのか、彼女がすすめたのか、わかるんじゃありませんか？」

「どうしてですか？」

日下は、意地悪く、きいた。

中村は、顔を赤くして、

「僕が、缶ビールを、持ってきて、彼女にすすめたとしますよ。二本出して、その一本を、彼女が飲み、もう一本を僕が飲んだ。そうなりますね。すると、一本には、僕と彼女の両方の指紋がつき、もう一本は、僕だけの指紋がついているわけです。逆に、彼女が、すすめたとすれば、僕が飲んだほうには、僕と彼女の指紋がついていて、彼女が飲んだほうには、彼女だけの指紋があるわけです」

「それで？」

「わかりませんか。この空缶のなかに、僕だけの指紋がついたものがあれば、ビールをすすめたのは、僕ということになるし、彼女の指紋だけがついた缶があれば、すすめたのは、彼女ということになるんです。だから、僕は、指紋がつかないように、抱えて、持ってきたんですよ」

中村は、熱っぽく、いった。が、日下は、別に、感心もせず、

「駄目だね」

「指紋の検査が、できないというんでしょう？　それなら、何とかなるんじゃありませんか。僕は、写真のほかに、写生も好きなので、小さなスケッチブックと、４Ｂの鉛筆を持っています。ナイフで、４Ｂの芯《しん》を削って、粉にすれば、何とか、指紋がとれると思いますよ」

「かもしれないが、たぶん、無駄だな」

「なぜですか？」

中村は、息巻いた。

「どちらが、ビールをすすめたにしろ、君と、彼女は、ビールを飲んだ。そのあと、彼女が、空缶を、捨てにいった」

「そうです」

「彼女が、捨ててきましょうといったとき、あなたは、どうしました？」

「もちろん、フロアに置いていた空缶を全部、彼女に、渡しましたよ」

「でしょうね。誰だって、そうする。君も、そうした。その時点で、彼女が飲んだ空缶にも、君の指紋がついてしまったんだ。それを、彼女が、捨てにいったとなると、二つの缶に、君と彼女の指紋がついたことになる」

「畜生！」

と、中村が、叫んだ。

「それで、わざと、私が、捨ててきましょうと、彼女は、いったんだ。僕が、彼女の分の空缶も拾って、手渡すのを見こして。そういえば、彼女は、椅子から、立って、捨ててきましょうと、いったんだ」

「どうも、君に有利な証拠は、見つからないみたいだねえ」

と、日下は、いった。

その時、遠くで、地ひびきがきこえた。

6

日下は、車掌に、目を向けて、

「どうしたんですか？」

と、きいた。ほかの乗客の目も、車掌に、向けられた。

「わかりませんが、後方で、雪崩があったのかもしれません」

「そうだとすると、前方も、後方も、雪崩で塞がれているから、完全に動けなくなったことになりますね。重連で、助けにくる列車も、立往生してしまう」

「ええ。見てきましょう」

と、車掌はいい、運転席のドアを開けて、雪の積もった線路の上に、飛び降りた。

「私もいく」

と、運転士も、続いて、飛び降りて、二人で、後方に、向かって歩いていった。その姿は、吹雪のなかに、たちまち、消えて、見えなくなった。

日下は、もう一度、東京に、電話をかけた。

「どうなってる?」

と、十津川が、きいた。

「まだ、雪のなかで、立往生しています。もうひとり、調べてくれませんか。四谷三丁目のマンションふたばに住む、柴田めぐみという女です。N工業のOLです。彼女の周辺を、調べて下さい」

「わかった」

と、十津川は、いった。

電話を切ると、日下は、腕時計に、目をやった。

停車してから、一時間が、たっている。

ジーゼルカーは、重油で、ジーゼルエンジンを回す。暖房《ヒーター》も、明かりも、すべて、重油を使っている。

その重油が、なくなったら、どうなるのだろうか?

運転士と、車掌が、雪にまみれて、戻ってきた。

「やっぱり、雪崩ですね。線路が、完全に、隠れてしまっています」

と、車掌が、日下に、報告した。

「ヒーターは、いつまで、もつんですか？」

と、日下は、きいた。

車掌は、運転士と、顔を見合わせた。

「間もなく、止まってしまうと思います」

と、運転士が、低い声で、いった。近くにいた乗客が、それをきいたとみえて、急に、ざわめいてきた。

「大丈夫ですよ」

と、慌てて、車掌が、大きな声で、いった。

「救援列車が、近くまできているし、いざとなれば、一番近い駅まで、歩いていけばいいんです」

「一番近い駅って、どこなんです？」

乗客のひとりが、きいた。

「無人駅では、駄目だから、能登部かな」

「そこまで、ここから、何キロぐらいですか？」

「直線距離で、三キロぐらいだと思います」

と、車掌が、いう。

しかし、雪崩で、線路も、道路も、塞がれてしまっているだろうし、この吹雪である。人間の足で、能登部まで、歩けるだろうか？

日下は、十五、六分おいてから、もう一度、十津川に、電話をかけた。

「何かわかりましたか？」

「彼女は独身で、人生を楽しんでいる口だね。ただし、N工業のOLというのは、嘘だよ」

と、十津川は、いった。

「では、何をしているんですか？」

日下は、ききながら、展望室のほうへ目をやった。

柴田めぐみは、ソファに腰をおろして、天井を見あげている。

「去年の四月までは、確かに、N工業のOLだったが、今は、銀座《ぎんざ》のクラブで働いている」

「ほう」

「それから、彼女には、恋人がいる。名前は平田《ひらた》としかわからないな。どうも、彼女のほうが、その男に、惚れているという噂だよ。わかったのは、それだけだ」

「彼女と、殺された竹下幸次とは、関係ありませんか？」

「ないね。彼女には、借金はないみたいだよ」

と、いって、十津川は、電話を切った。

柴田めぐみについて、いくつかのことが、わかった。が、それが、今度の殺人事件と、関係があるのかどうか、不明なのだ。

ただ、一つだけ、おやっと、思ったことがある。

去年の五月から、銀座のクラブで、働いているということである。

柴田めぐみは、初対面の男に、女のほうから、酒をすすめることはないんじゃないかと、いった。

確かに、普通の場合、そんな時、酒をすすめるのは、男のほうだろう。しかし、彼女が、クラブのホステスなら、話は違ってくる。別に、日下は、ホステスに偏見は持っていないが、女のほうから、自然に、酒をすすめられるのではないか。

もし、缶ビールをすすめたのが、柴田めぐみだったら、どうなるのだろう？

中村は、罠にはめられたと、いった。

めぐみは、睡眠薬を入れた缶ビールを、中村にすすめて、眠らせた。中村のカメラを取りあげ、トイレで、竹下を、そのカメラで、殴って、殺す。

中村を、犯人に、仕立てあげるために。

日下は、座席の一つに腰をおろして、考えこんだ。

これが、罠とすると、竹下を殺したのは、柴田めぐみなのか？

しかし、彼女には、動機がない。彼女は、竹下のサラリーローンから、借金をしていないし、かといって、愛情のもつれも、関係がなさそうである。彼女には、平田という恋人がいるというし、死んだ竹下は、どう見ても、めぐみに、似合わない。

（すると、誰かに、頼まれて、彼女は、お膳立てをしたのか？）

だが、罠にはめるのが、なぜ、カメラマンの中村でなければ、いけなかったのだろうか？

この列車には、ほかにも男の乗客がいる。めぐみぐらいの美しさがあれば、たいていの男に、睡眠薬入りの缶ビールを、飲ますことが可能だろう。見回したところ、中村より、いかにも犯人らしい面《つら》つきの男は、何人か、いるのだ。なぜ、そんな男を、標的にしなかったのか？

答えは、たぶん、動機だろう。

殺された竹下と、まったく無関係の男では、完全な犯人にはできない。その男に、竹下を殺さなければならない動機がないからだ。

その点、中村は、竹下の〈ロビンス〉から、借金していた。動機があるのだ。

(竹下を殺した奴は、中村のことを、よくしっている人間ということになるのか?)

7

乗客が、騒ぎ始めた。いっこうに、助けの列車が、現れないからである。

「俺たちが、こんな目に遭っているのを、しらないんじゃないか」

と、男の乗客のひとりが、車掌に向かって、腹立たしげに、いった。

「そんなことはありません。しっているからこそ、金沢から、重連の列車を、急遽、こちらに向かわせたんです」

「その列車が、まだ、着かないじゃないか」

「それは、後方でも、雪崩が起きたからだと思います」

「電話があるんなら、もう一度、助けを呼んでほしいね。暖房が切れたら、みんな、凍《こご》えちまうぜ」

「連絡してみます」

と、車掌は、いった。

車掌は、金沢駅に、電話をかけた。

「こちらは『ゆぅトピア和倉』ですが、雪で立往生しています。重油がなくなりかけています。救援の列車は、いつきてくれるんですか？」

乗客が、注目しているので、車掌の声も、自然に、尖ってくる。

「救援列車は、とうに、金沢を出て、そっちに向かっているよ。ジーゼル機関車二両を繋いだ、強力な列車だ」

「それは、前にもききましたが、まだ、着いていないんです」

「おかしいな」

「何とか、なりませんか？」

「今のところ、その列車以上の有効な手段はないね。どうしても、駄目なら、そこから、能登部まで、歩くより仕方がないよ。能登部には電話して、救援態勢を、とっておくように、いっておくがね」

「ここから、能登部まで、三キロはあります。この吹雪だし、雪崩も起きているから、足の弱い人は、無理ですよ。乗客のなかには、子供もいるんです」

「弱ったね」

「能登部には、雪上車がありますか？」

「キャタピラのついた雪上車かね？」

「そうです」

「どうかな」

「雪上車がないと、乗客全員を、能登部に、避難させられません。何とか、一台、用意しておいて下さい」

「わかった。能登部に、電話しておくよ」

「お願いします」

と、車掌は、いって、電話を切った。

急に、ジーゼルエンジンが、停止してしまった。

車内が、少しずつ、寒くなってくる。暖房が切れてしまったのだ。

「重油がなくなったよ」

と、運転士が、車掌に、いった。

日下は、コートを羽織った。ほかの乗客も、それぞれ、コートを着たり、手袋を、慌てて、はめたりしている。

中村も、革ジャンパーを、羽織って、日下の傍へ、戻ってきた。

「捜査は、どうなったんですか？　まだ、僕を、犯人だと、思っているんですか？」

「彼女のことを、東京で、調べてもらったよ」

と、日下は、展望室の柴田めぐみに、目をやった。

「それで、彼女は、どんな女なんですか？」

と、中村が、きいた。

「N工業のOLだったが、現在は、銀座のクラブのホステスをやっている」

「ホステスですか」

「君は、銀座に、飲みにいくことがあるのかね？」

と、日下は、きいた。

「たまには、ありますよ。自分ひとりでいくことは、ありませんが、仕事をしている出版社のお偉方とか、スポンサーに、連れていってもらうことは、ありますよ」

「その時に、彼女に、会っているんじゃないのかね？」

と、日下は、きいた。

中村は、彼女のほうに、目をやって、

「覚えていませんね。ひょっとすると、会っているのかもしれないけど、僕は、覚えてないんです。それが、何かあるんですか？」

「彼女に、君が、恨まれていたんじゃないかと、思ってね」

「恨まれるですか？」

「君は、自分が、罠にはめられたと、思っているんだろう？」

「そうです」

「君が、正しいとすれば、彼女に、恨まれていて、罠にかけられたんじゃないかと、思ってね」

「僕の言葉を、信じてくれたんですか？」

中村は、嬉しそうに、いった。

日下は、違うというように、頭を、横に振って、

「いや、まだ、君を疑っているよ。手錠を持っていれば、とっくに、手錠をかけている。ただ、彼女も、一つだけ、嘘をついた。嘘というより、迂闊ないい方を

したというべきかな。それで、ひょっとすると、彼女が、君のことを、恨んでいて、罠にかけたのかもしれないと、思ってね。しかし、君が、彼女に、まったく覚えがないとすると、この考えは、当たっていなかったことになる」

「待って下さいよ」

中村は、慌てて、日下に、いった。

「彼女が、僕に、ビールをすすめたことは、事実なんですよ。そのなかに、睡眠薬が入っていたことも、間違いないんです」

「証拠がないよ」

と、日下は、いった。

「彼女が、あのサラ金から、金を借りていたんじゃありませんか？　あの竹下という男から、催促されていたんだ。この『ゆぅトピア和倉』に、乗っていたら、その竹下が、乗っていて、また、催促された。そこで、僕を犯人に仕立てあげておいて、彼を、殺したんですよ。カメラの紐を持って、振り回せば、カメラの重さがあるから、女でも、殺せますからね」

中村は、いっきに、まくし立てた。

日下は、苦笑して、

「それは、違うな」

「なぜです？　そう考えれば、説明がつくじゃありませんか」

「まず、柴田めぐみは、どこからも、借金はしてないんだ。もちろん、君が借りているサラ金の『ロビンス』からも、借金はしていない。それに、君の推理だと、彼女は、この列車に、被害者が、乗ってきたので、君を犯人に仕立てて彼を殺したというんだろう？」

「そうです。犯人に仕立てるのは、誰でもよかったわけですよ。僕は、たまたま、あの竹下のサラ金から、金を借りていたので、動機ができてしまいましたけどね。関係のない男だって、車内で、喧嘩したんじゃないかと、警察は、考えるでしょうからね」

と、中村は、いう。

日下は、笑った。

「警察は、そんなに、荒っぽい考えはしないよ」

「じゃあ、僕の推理のどこが、間違っているというんですか？　彼女が『ロビンス』から、金を借りていないというけど、友だちの名前で、借りているかもしれないし、友だちの保証人になっているかもしれないじゃありませんか。そういうケースだって、考えられるでしょう?」

「そのこともあるが、問題は、睡眠薬だよ。君は、彼女に、睡眠薬を、缶ビールに入れて飲まされたと、いっている」

「そうですよ。ほかには、考えられませんからね」

「一方、君は、被害者と、偶然、この列車のなかで顔を合わせてしまったので、彼女は、君を罠にかけて、被害者を、殺したといっている」

「ええ」

「しかし、そうなると、彼女は、前もって、缶ビールに睡眠薬を入れて、持っていたことになる。少し、おかしくはないかな?」

「彼女が、睡眠薬の常用者だったら、どうですか? そうなら、この列車に乗ってから、缶ビールに、睡眠薬を、入れるのは、簡単ですよ」

と、中村は、いった。

「なるほどね」

「僕の話には、筋が通っているでしょう?」

「調べてみよう」

と、日下はいい、その場に、中村を置いて、隣の車両にいる柴田めぐみのところへ、歩いていった。

車両のなかは、前よりも、一層、寒くなっている。乗客は、着られるものは、全部着て、体を丸めていた。何か喋ると、車内でも、息が白くなった。

柴田めぐみも、白いミンクのコートを着ていた。

「あなたに、お願いがあります」

と、日下は、彼女に向かって、いった。

「何でしょうか？」

めぐみは、硬い表情で、きいた。

「ハンドバッグを、見せてもらいたいんですよ。それに、スーツケースもね」

「なぜですの？」

「とにかく、見せてもらえませんか？」

「まだ、私が、何かしたと、思っているんですか？　私が、睡眠薬を入れたビールを、あの男に、飲ませたと……。見ずしらずの男に、なぜ、そんなことをしなければいけませんの？」

「見せてくれるんですか？　それとも、駄目なんですか？」

日下は、厳しい声で、いった。

めぐみは、むっとした表情になったが、

「いいわ。お見せするわ」

と、いい、スーツケースと、ハンドバッグを、棚からおろして、日下の前に、置いた。

日下は、ハンドバッグから見ていった。財布や、化粧道具などが入っていたが、薬瓶は、見つからなかった。

次に、スーツケースを開けた。着替えの下着などが入っている。その下に、薬瓶が、見つかった。錠剤の薬である。

「これは？」

と、日下は、その瓶を、持ちあげて、めぐみに、きいた。

「ラベルに書いてありますわ。最近、少し、胃が弱くなっているんで、胃薬を持ち歩いているんです」

「本当に、胃薬ですか？」

日下が、きくと、めぐみは、軽蔑したような目になって、

「胃薬でなければ、何だというんですか？」

と、切り口上で、きき返してきた。

「はっきりいわせてもらえば、睡眠薬です」

「なぜ、私が、睡眠薬を、持ち歩かなければなりませんの？」

「不規則な仕事をしていると、夜、眠れなくなるんじゃないですか？」

「不規則な仕事なんか、していませんわ」

「クラブで働くのは、規則的な仕事ですかね？」

「――」

「嘘はいけませんよ。あなたは、N工業のOLだといった。しかし、それは、去年の四月までで、五月からは、銀座のクラブで、働いているんでしょう？」

「調べたんですか？」

「ええ」

「でも、どうやって？」

「この列車には、電話がついていますからね。それで、警視庁にかけて、あなたのことを、調べてもらったんですよ」

「私を、疑っていらっしゃるのね？」

「事件に関係した人は、一応、全員、調べることになっていますからね。その結果、あなたが、今は、クラブで働いていることが、わかったんですよ。となると、缶ビールを、持ち歩いていても、不思議はないと、思いましてね」

「水商売だからといって、偏見で、見ないで下さいね。私は、睡眠薬を、ビールのなかになんか、入れたりは、しませんわ」

「別に、偏見はありませんよ。あなたのことを調べて、借金もないし、あの被害者とも、関係のないことが、わかりましたよ」

「あのカメラマンのことも、調べたんでしょう?」

「ええ。調べました」

「それで、どうなんですか? やっぱり、犯人でした?」

「動機は、見つかりましたよ。被害者のことも、しっていた可能性がある」

「それなら、犯人に決まったじゃありませんか。こんな少ない乗客のなかで、殺す動機の持ち主が乗っているなんて、何万分の一かの確率でしょう?」

「そうでしょうね」

「それなら、あの男が、犯人だわ。ほかの乗客が犯人の確率なんて、ものすごく、小さいはずですもの」

柴田めぐみは、断定するように、いった。

8

日下は、何本目かの煙草に火をつけた。煙草の火が、ぱあっと明るくなって、暖をとるほどの熱量はないのだろうが、ほかの乗客にも、わけている。少しは、暖かくなったような気がするのだ。

缶入りのお酒を持っていた乗客が、それを、ほかの乗客にも、わけている。日下も、二口ほど、飲ませてもらった。それで、少しは、体が、暖かくなったのだが、覚めてくると、前よりも、寒さを感じてしまう。

（十津川警部や、亀井刑事なら、こんな時、どうするだろうか？）

と、日下は、考えた。

中村と、柴田めぐみのどちらのいい分が、正しいのだろうか？

中村は、車内のビールの空缶を、全部、持ってきて、調べてくれと、いった。

検査の道具のない車内で、八本の空缶から、睡眠薬を、検出するのは、難しい。

指紋も、たぶん、二人の指紋が、ついてしまっているから、意味がない。

ただ、二人のどちらかが、竹下の殺害に、関係していることだけは、間違いないのだ。

中村が、睡眠薬を飲まされたと主張し、めぐみは、そんなことはしてないという。それだけでなく、缶ビールをすすめたのは、中村のほうだと、いう。

もし、彼女が、中村のいい方どおり、缶ビールをすすめたのは、自分だが、睡眠薬は入れてないといったら、二人のどちらかが、犯人ということにはならないだろう。

中村がシロなら、ほかの乗客が、犯人ということになってくる。

しかし、この場合は、中村がシロだと、柴田めぐみが、嘘をついていたことになって、疑いが、彼女に、向かってしまうのだ。

日下は、掌《てのひら》のなかの錠剤に、目をやった。めぐみが、

「ただの胃薬ですわ。嘘だと思うんなら、飲んでみて下さい」

と、いって、強引に、日下の掌に、五錠ほど、のせたのである。

白っぽい、錠剤である。

(ただの胃腸薬だろうか?)

薬瓶には、確かに、市販されている胃薬の名前が書いてあった。しかし、ひょ

っとすると、胃腸薬に見せかけた睡眠薬かもしれない。

日下は、しばらく眺めていたが、思い切って、二錠だけ、口のなかに入れてみた。

ちょっと苦《にが》い薬である。

五分、十分とたったが、別に、眠くもならなかった。

「どうでした？」

と、中村が、傍へきて、きいた。

「彼女は、瓶に入ったこの薬しか、持っていなかったよ」

日下は、掌のなかの錠剤を、中村に見せた。

「何の薬ですか？」

「彼女は、胃の薬だと、いっているよ」

「胃の薬に見せかけた睡眠薬ということは、考えられませんか？」

中村は、日下の掌から、一錠つまみあげ、それを、じっと見ながら、いった。

「その疑いもあるから、今、二錠だけ、飲んでみたんだ。君も、飲んでみるかね？」

「また眠らされるのは、ごめんですよ」

と、中村は、大きく、手を振って、断った。

「苦い薬だよ」

「眠くなってきませんか？」

「こないね。この錠剤のなかには、睡眠薬はないとみていいな」

「しかし、刑事さん、彼女のすすめてくれた缶ビールには、明らかに、睡眠薬が、入っていたんですよ」

「しかし、証拠はないよ」

「証拠は、摑めますよ。あの空缶は、全部、僕のボストンバッグにしまいましたからね。列車が動いて、金沢へいけたら、そこの警察で、調べてもらいます。八本の空缶のなかに、必ず一つ、睡眠薬の反応が出るものが、あるはずです。そうなれば、僕が、本当のことをいっていると、わかってもらえるはずですよ。その空缶に、彼女の指紋があれば、なおさらでしょう」

「その缶には、君の指紋もついているよ」

「ああ、そうでしたね。しかし、僕が、自分で、自分のビールに睡眠薬を入れるはずがないんだから、彼女が、僕にすすめたものだと、わかるんじゃありませんか。彼女は、睡眠薬のことは、まったく、いってないわけでしょう。したがって、僕が、缶ビールに、睡眠薬を入れて、彼女に飲ませたというケースも、あり得ないわけですよ。睡眠薬が検出されたら、それは、自動的に、彼女がすすめた缶ビールになるわけですよ。違いますか？」

中村は、目を輝かせて、いった。

「なるほど。理屈としては、そうだな」

と、日下も、うなずいた。

指紋から、中村と、柴田めぐみのどちらが、缶ビールをすすめたのかは、わからなくなっているが、二人の指紋のついた空缶から、睡眠薬が検出されれば、それは、中村のいうように、めぐみがすすめたビールということになるかもしれない。

「そうでしょう？」

と、中村は、嬉しそうに、いったが、急に、舌打ちをして、

「やっぱり、駄目だ」

と、呟いた。

「なぜだね？」

「空缶は、彼女が、捨てにいったんだ。あれは、僕に、缶を手渡させて、僕の指

紋を、両方の缶につけるためだったんだが、彼女は、屑かごに捨てる前に、洗面所で、空缶を、洗っているかもしれない。彼女なら、そのくらいのことは、やりかねないんだ。洗面所で洗っていれば、睡眠薬は、検出できなくなる」

中村は、くやしそうに、いった。

「それ、芝居じゃないんだろうね？」

日下は、用心深く、中村の顔を見つめた。

「芝居って、何です？」

中村の顔色が、変わった。

「自分は、シロだということを、印象づけるための芝居さ。あの空缶を、金沢署で調べても、睡眠薬は、検出されないとする――」

「だから、その時は、彼女が、空缶を捨ててくると、親切ごかしに持っていって、洗面所で、洗ったからですよ」

「彼女が、そうしたから、睡眠薬は出ないんだと、思わせるために、今、芝居を打ったんじゃないのかということだよ」

「刑事さん、そこまで、僕を疑うんですか？」

中村は、日下を睨んで、ふうっと、大きな溜息を吐いた。

日下は、冷静に、そんな中村の顔を見ていた。

「彼女にきけば、空缶を、洗面所で、洗ったりはしていないと、いうに決まっている」

「そりゃあ、そうですよ。彼女が、僕に、睡眠薬入りの缶ビールを飲ませたんだから」

「と、君は主張する。その主張が、正しいという根拠は、どこにもないんだよ。空缶から、睡眠薬が、検出されなければね」

「彼女の主張が正しいという証拠も、ないわけでしょう?」

「どうも、君は、事態がよくのみこめてないようだね」

と、日下は、いった。

「どういうことです?」

「君と彼女が、二人とも殺人容疑者というわけじゃないんだ。それを忘れちゃ困るね。殺人容疑は、君にだけあるんだよ。缶ビールに、睡眠薬が入っていたかどうか、君と彼女のどちらがすすめたかは、わからない。だがね、被害者と君とは、知り合いで、君は、被害者の会社から、金を借りていた。そして、被害者は、君のカメラで、殴り殺されていたんだよ。君が、犯人だという証拠は、ちゃんと、あるんだ。ここが、列車のなかでなければ、君は、とうに、逮捕され、留置されているよ」

日下がいうと、中村は、たちまち、しゅんとしてしまった。

9

車内の温度は、どんどん、下がっていく。

たまらずに、通路に出て、足踏みをはじめる乗客も出てきた。

外は、おそらく、零下十度近くになっているだろう。時間がたてばたつほど、気温は、下がってくるはずである。夜になったら、このあたりは、どのくらいの気温になるのだろうか？

まだ、車内灯はついていた。

重油はなくなったが、床下につけられた蓄電池は、働いているからだろう。その蓄電池も、切れてしまえば、車内の明かりも、消えてしまう。

「何とかしてくれ！」

と、乗客のなかから、運転士と、車掌に向かって、大声が、飛んだ。

これから、外は、暗くなってくる。その恐怖も、乗客には、あるようだった。

運転士と、車掌が、顔をくっつけるようにして、相談している。

車掌が、もう一度、電話に取りついた。

着ぶくれした乗客たちが、その車掌の傍に集まってくる。

車掌は、三分ほど、金沢駅に、電話していたが、受話器を置くと、

「救援列車は、どうやら、途中で、動けなくなってしまったようです。この七尾線は、全線で、ストップだと、いっています」

「じゃあ、どうなるんだ？」

「いつまで待てばいいの？」

と、乗客から、声が、飛んだ。

「吹雪がやめば、ヘリで、救出にきてくれると思います」

「でも、もうじき、暗くなるんだよ。暗くなっても、ヘリは、飛んでくれるのか？」

当然の質問が出た。声が震えているのは、いらだちもあるだろうが、寒さのせいもあった。

「夜は、駄目ですよ。明日の朝になってからです」

と、車掌がいう。

「それまで、どうするんだ？　このままじゃあ、凍え死ぬよ」

「この先の能登部に、雪上車があるそうです。雪上車なら、ここまで、こられるかもしれません」

「じゃあ、なぜ、その雪上車で、助けにきてくれないんだ？」

「能登部に、その雪上車を動かせる人がいないんです。金沢には、いるんですが、金沢から、能登部に、いく方法がないんですよ」

「それじゃあ、宝の持ち腐れじゃないか。なぜ、能登部に、運転できる人間がいないんだ？　雪上車だけ、ひとりで、能登部へ歩いていったわけじゃないんだろう？」

声の大きな乗客が、車掌を、難詰《なんきつ》した。

車掌は、疲れた顔で、

「私にいわれても困りますよ。たぶん、病気か何かで、運転できなくなっているんでしょう」

「どうにかならないのかね？　こんな時に、乗客を助けるのが、君たちの任務だろうが。何もしないんなら、できる人間を、ここへ、飛んでこさせろよ！」

と、四十二、三歳に見えるその乗客は、大声で、まくし立てた。

車掌や、運転士にしても、今の状態では、どうしようもないのだろう。悔しそうに、顔を見合わせているだけである。

乗客のほうも、これ以上、二人を責めても、仕方がないと気づいたらしく、黙ってしまった。

運転士と、車掌が、運転席に、引っこんですぐ、乗客のなかのひとりが、運転席を、ノックした。

サングラスをかけた三十五、六歳の男だった。

「何ですか?」

と、車掌が、ドアを開けて、その乗客にきいた。

「ちょっと、話があるんです」

と、その男が、小声で、いった。

「車内を、暖めることは、重油が切れてしまって、できませんよ」

「そういうことじゃないんです。能登部に、雪上車が、あるそうですね?」

「そうです」

「僕は、昔、スキー場で働いていたことがありましてね。雪上車の運転ができる。僕が、能登部へいって、雪上車を、動かしてきますよ」

「本当に、できるんですか？」

「ええ。ただ、ここから、能登部までの道がわからない。それを教えて下さい」

「この吹雪でも、いってもらえますか？」

「ええ。何とかいけると思います。途中で暗くなるといけないから、懐中電灯も、かしてもらえませんか」

「もちろん、持っていって下さい」

車掌は、運転席の懐中電灯を、男に渡してから、自分の手帳に、このあたりの地図を描いた。

それに、目標になる橋などを、描き加えた。

「雪には、なれているから、大丈夫です」

と、男は、いった。

車掌は、その男を、客室に、連れていくと、

「皆さん。ちょっと、きいて下さい！」

と、大声で、乗客に、呼びかけた。

「この人が、これから、この吹雪のなかを、能登部へいってくれることになりま

した。雪上車の運転が、できるというので、能登部へ着いたら、雪上車で、助けにきてくれるそうです」

「助かったよ」

と、乗客のひとりがいい、期せずして、サングラスの男に、拍手が、送られた。

「頼みますよ」

と、近くにいた乗客が、男に、握手を求めた。

「お名前は、何というんですか?」

と、車掌が、男に、きいた。

「山田真一《やまだしんいち》です」

と、男が、いった。

「これを持っていって下さい」

女子大生らしい娘が、インスタントのカイロを二枚、男に、手渡した。

缶に入った酒を、一つ、男に渡す乗客もいた。

「じゃあ、いってきます。必ず、雪上車で、助けにきますよ」

と、男は、いった。

男は、ドアが開くと、吹雪のなかに、降りていった。

「あれ？」

と、中村が、声をあげたのは、その時だった。

10

「どうしたんだ？」

と、日下が、中村を見た。

「今、出ていった男の人ですがね」

「ああ、彼が、うまく、能登部に着けて、雪上車を運転して戻ってきてくれれば、われわれは、助かるよ。雪上車に、重油を積んできてくれれば、この寒さだけでも、何とかなる」

「おかしいな」

「何が？」

「名前は、山田何とかって、いいましたね？」

「ああ、山田真一といっていた。今は、名前なんか、どうでもいいだろう。あの男が、能登部に着けることが、大事なんだ」

「僕のしっている人に、よく似ていたんです」

「君は、あの人を、しってるのかね？」

「ええ。ただ、名前が、違うんですよ。僕のしっているのは平田悠一郎《ひらたゆういちろう》というんです。よく似ていたなあ。そっくりでしたよ」

「ちょっと待て」

急に、日下が、真剣な顔つきになって、中村を見た。今度は、中村のほうが、びっくりした顔になった。

「平田？」

と、日下が、きく。

「そうです。平田悠一郎です。それが、どうかしたんですか？」

「その平田は、何をしてるんだ？」

「今度、僕は、ある雑誌社の仕事で、和倉温泉の取材にきたんです。その雑誌社のオーナーですよ。若手の総会屋で、税金対策に、雑誌を出しているって、いわれていますがね」

「若手の総会屋か」

「ええ。それが、どうかしたんですか？」

「雑誌社のオーナーだとすると、君が、和倉温泉の取材に、今日、この『ゆうトピア和倉』に乗ることも、しっているね？」

「ええ。編集長にきけば、僕のスケジュールもわかりますからね」

「平田か」

と、呟いてから、日下は、車掌のところへ、飛んでいった。

「まだ、電話は、通じますね？」

「大丈夫です」

「もう一度だけ、電話をかけさせて下さい」

と、頼み、日下は、また、十津川に、電話した。

「若手の総会屋で、雑誌社をやっている平田悠一郎という男のことを、調べて下さい。借金があるかどうか、あるとすれば、どこから借りているか。たぶん、私の想像が当たっていれば、サラ金の『ロビンス』から、借りていると思います」

「わかった。君のほうは、大丈夫かね？」

と、十津川が、心配そうに、きいた。

「何とか、生きています」

「ニュースでは、能登半島が、吹雪で大荒れで、各地で、列車や車が、立往生しているといっていたからね。がんばってくれよ」

「あとで、答えをききます」

と、日下は、いった。

日下は、興奮していた。そのせいか、少しばかり、寒さが、緩んだような気がした。

十五、六分してから、日下は、十津川に、もう一度、電話をかけた。

「君の予想どおりだったよ」

と、いきなり、十津川が、いった。

「やっぱり、借金していましたか？」

「総会屋のくせに、いろいろな事業に、手を出しすぎたんだな。五億円近い借金がある。君のいった『ロビンス』からも、一億円近い金を借りているよ」

「一億円もですか」

「そうだ。一億円だ。これで、いいのかね？」

「ありがとうございます」

と、日下は、いった。

日下は、すぐ、中村と、柴田めぐみを、展望室に、呼んだ。

めぐみのほうは、不満げな顔で、中村を、睨んでいた。

「正直に、話してもらいたい。特に、あなたはね」

と、日下は、めぐみに、いった。

11

「今、列車から出ていった男を、しっていますね?」

と、日下は、めぐみに、いった。きくというより、そうなんだろうという、いい方だった。

「いいえ。しりませんわ」

めぐみは、頭を振った。

「嘘をいっちゃいけないね。東京で調べてもらって、あなたが、平田という男と、いい仲だということは、わかってるんだ。その平田悠一郎だったんだろう?」

「何のことか、わかりませんわ」

「それが、嘘だったら、大変なことになるんだよ。それが、わかっているのかね？　今の男は、能登部へいって、雪上車を運転して、戻ってくると、乗客に、いった。みんな、それに期待している。大事な懐中電灯や、酒や、インスタントの使い捨てカイロを、渡してだ。それなのに、あの男が、本当は、平田悠一郎で、雪上車を、運転して戻ってくるどころか、雲を霞《かすみ》と、逃げてしまったら、じっと、待っている乗客は、どうなるのかね？」

「――」

めぐみは、黙ってしまった。その顔が、ひどく蒼い。寒さのためではないようだった。

日下は、さらに、語気を強めて、

「あなたが、平田という男を、好きでも嫌いでも、そんなことは、どうでもいい。あの男が、本当に、雪上車で、戻ってくるかどうかが、問題なんだ。乗客の死へ繋がりかねないからね。もし、あなたが、あれは、平田だと、認めても、今から、追いかけられはしないよ。逃げたければ、逃げれば、いいんだ」

「――」

「どうなのかな？　あれは、平田悠一郎なんだろう？」

「ええ」

と、やっと、めぐみは、うなずいた。

日下は、ほっとしながら、

「彼は、雪上車を、運転できるのか？」

「たぶん、できないと、思いますわ」

「やっぱりね」

と、日下は、溜息をついた。中村が、横から、

「どういうことか、説明して下さい」

と、日下に、いう。

「君は、あの平田に、はめられたんだよ」

「しかし、僕は、平田さんに、何も、悪いことはしていませんよ。恨まれるはずがないんだ」

「人が好《い》いねえ」

と、日下は、笑ってから、

「人がよくて、別に、恨まれていなくても、相手は、勝手に、利用するんだ。平田は、見栄っぱりで、五億円近い借金を抱えていた。これは、調査で、わかっている。このうち、一億円は、君のしっている『ロビンス』からの借金なんだよ。

平田は『ロビンス』の竹下から、厳しく、督促されていた。が、返す金がない。そこで、竹下を殺して、借用証を、取りあげてしまうことを考えた」

日下は、ちらりと、めぐみに、目をやった。が、彼女は、視線を、そらせてしまった。

「だが、ただ殺したのでは、自分が、疑われる。そこで、犯人を作ることにしたんだよ」

「それが、僕だったというわけですか？」

「そうだ。平田は、君が、取材で、和倉温泉へいくこと、大阪から『ゆぅトピア和倉』に乗ることを、しっていた。当たり前の話だ。君が、その仕事をもらった雑誌社のオーナーなんだからね。この列車に乗れというのも、ひょっとすると、編集長の考えではなくて、オーナーの平田の考えだと思うね。また、平田は、君のことを調べて、君が『ロビンス』から、借金していることも、しっていたんだと思う」

「少しずつ、わかってきましたが――」

「一方、平田は『ロビンス』の竹下に対して、借りていた一億円を払いたいから、和倉温泉へきてほしいといって『ゆぅトピア和倉』の切符を渡す。たぶん、和倉温泉の旅館を、自分が手に入れ、それを担保に、一億円を借りて返すとでも、いったんだろう。平田は、総会屋だからね。でたらめみたいな話でも、竹下は、信用したんだと思う。そこで『ゆぅトピア和倉』に、乗った。竹下は、もちろん、自分が、罠にかけられたことも、君が、乗っていることも、しらなかったはずだ」

「僕も、罠にはまったわけですね？」

「ああ、そうさ。いよいよ、ここで、柴田めぐみが、登場する」

と、日下は、いい、また、彼女に、目をやった。

「彼女は、恋人の平田に頼まれ、睡眠薬入りの缶ビールを用意して『ゆぅトピア和倉』に乗りこんだ。中村カメラマンの顔は、平田に教えられたから、すぐ、わかったはずだ。そして、さり気《げ》なく、君に近づき、睡眠薬入りの缶ビールを飲ませたんだ」

「やっぱり、彼女が、飲ませたんですよ」

と、中村が、嬉しそうに、いった。

日下は、先を、続けた。

「君が、眠ってしまったあと、彼女は、君のカメラを、そっと、取りあげて、ひそかに、この列車に、乗りこんでいた平田に渡した。平田は、竹下を、洗面所に呼び出し、君のカメラで、殴って、殺してしまった。これで、君が、竹下を殺したことになったわけだよ」

「しかし、刑事さん。狭い車内なんです。僕は、平田を見つけ出したと思いますよ。その時、彼は、どうする気だったんですかね？」

と、中村が、きく。

「平田の計画は、こうだったと思う。金沢を出て終点の和倉温泉に着くまで、一時間ちょっと走るだけだ。その短い間に竹下を殺し、凶器のカメラから、君が犯人だと、彼女にいわせる。車内が大騒ぎになっているうちに、終点に着いてしまうから、どさくさにまぎれて、降りる気だったんだ。早いうちに、犯人にされてしまった君は、動転して、とても彼に気づく余裕なんかない、と計算したんだろう。ところが、予定外の雪で、列車が、動かなくなってしまった。竹下を、殺したが、平田は、逃げられなくなってしまったんだよ。吹雪のなかへ飛び出せば、たちまち、疑われてしまう。どうしたものかと、考えている時に、能登部の雪上車の話が出た」

「渡りに舟だったわけですね？」

と、中村が、いった。

「そのとおりさ。これで、大手《おおで》を振って、逃げられると、思ったんだろう。偽名をいい、雪上車を運転して、戻ってくるといって、彼は、雪のなかへ、飛び出していった。もちろん、雪上車で戻ってくる気なんか、最初からないのさ」

と、日下は、いってから、今度は、めぐみに向かって、

「このとおりなんだろう？」

と、きいた。

めぐみは、蒼い顔で、

「私は、ただ、この人に、睡眠薬入りの缶ビールを飲ませろと、いわれただけなんです。それ以上のことは、しりませんわ」

「そんな嘘が、通用すると思っているのかね？」

日下は、眉をひそめた。めぐみは、必死の表情で、

「彼が、人を殺すなんて、しりませんでしたわ。しっていたら、協力はしなかったと思います」

「じゃあ、何をしろといわれたんだね？」

「とにかく、この男に、睡眠薬の入った缶ビールを飲ませてくれ。これは、ちょ

っとした、悪戯なんだと、いわれたんです」

「それだけで、引き受けたのかね？」

「ええ。人を殺すなんて、しりませんもの」

と、めぐみは、甲高い声で、主張した。

「では、今は、平田が、竹下を殺したと、思うんだね？」

「ええ」

「それなら、この人に、謝ったらどうかな。君のおかげで、危うく、殺人犯にされかかったんだよ」

と、日下は、中村を、目で、示した。

めぐみが、彼に向かって、頭をさげている間に、日下は、車掌のところに、いった。

「さっき、列車を降りていった男は、雪上車で、戻ってきませんよ」

と、日下は、車掌に、いい、事情を話した。

車掌は、運転士と、顔を見合わせてから、

「殺人犯だったんですか？」

「そうです。気がつかなかった私が、迂闊だったんですが」

「そうだとすると、困りましたね。このまま、夜明けまで、じっと、待っているより仕方がないわけですか？」

「乗客のなかから、本当に、雪上車を動かせる人間を見つけて、能登部へいってもらうか、それとも、夜明けまで、この車内で、何とか、暖をとるように、工夫するかの二つの方法しかありませんね」

と、日下は、いった。

12

車掌と、運転士は、改めて、乗客に、雪上車を運転できる人は、いませんかと、呼びかけた。

すぐには、反応がなかった。が、間を置いて、四十五、六の男が、手をあげた。

「雪上車を動かせるんですか？」

と、車掌が、きいた。

「いや、動かしたことはない。しかし、俺は、自衛隊にいて、戦車を運転していた。キャタピラがついているから、たぶん、動かし方は、同じじゃないかと思ってね」

「同じですかね？」

車掌は、日下に、きいた。日下にも、わからないが、確かに、キャタピラで進む点は、同じなのだ。

「とにかく、俺は、能登部までいって、雪上車を見てくる。動かせるものなら、食料や、重油を積んで、ここへ戻ってくるよ」

と、その男はいい、吹雪のなかを、列車から出ていった。

すでに、周囲は、もう、暗くなってきている。

雪上車の音は、いつまでたっても、きこえてこなかった。

車内では、寒さに震えながら、眠ってしまう乗客もいた。

日下は、じっと、窓の外を見ていたが、そのうちに、うとうととした。

気がつくと、吹雪の音が、消えていた。

手袋で、窓ガラスを拭いて、外に、目をやった。

外は、真っ暗だが、横殴りの吹雪は、いつの間にか、やんでいる。

能登半島に、大雪を降らせた低気圧が、通りすぎたのだろう。

「吹雪が、やんだぞ！」

と、思わず、日下は、大声を出した。

車掌が、ドアを開け、日下と二人で、雪の積もった線路の上に、飛び降りた。

降り積もった雪は、寒さで、凍っている。

「星が見えますよ」

と、車掌が、夜空を見あげて、声を出した。

なるほど、重い雲が消えて、星が、またたいていた。それだけでも、救われた気分になった。

「これなら、夜明けに、ヘリが、飛んでくれるでしょうね」

「それまで、何とかしないと」

と、日下は、いった。

「何か燃やして、暖をとる工夫をしたほうがいいね。このままだと、車内にいても、凍えてしまう」

と、車掌が、いう。

「鋼鉄製の車内は、冷蔵庫みたいなものですからね」

と、車掌が、いった。それに、もう、蓄電池も、役に立たなくなって、車内灯も、消えてしまった。

「外で、焚火《たきび》をしましょう」

と、日下が、いった。

乗客が、燃えそうなものを、持ち出し、列車の近くで、焚火をすることになった。

最初は、なかなか燃えなかったが、根気よく、続けているうちに、急に、火勢が強くなってくれた。

天気になって、明るくなれば、助けがくるというので、着がえの下着まで、火のなかに、くべてしまう女性もいた。

燃えるものがなくなると、運転士と、車掌は、馘を覚悟で、座席のシートを剥ぎ取って、火にくべた。

夜が明けると、すぐ、爆音がして、ヘリコプターが、飛んできた。が、雪上車は、まだ現れない。

ヘリコプターが、二度目に頭上に現れた時には、通信筒を、落としていった。

車掌が、それを拾い、日下にも、通信文を見せてくれた。

〈能登部方向に、五百メートルの地点に、雪上車がいる。故障したとみえて、男が、エンジンを調べているが、直り次第、そちらに向かうはずだ。がんばれ。なお、南へ一、二キロの地点に、人間がひとり倒れている。うす茶のオーバーを着た男で、吹雪のため、遭難したものと思われる〉

南に、一、二キロというと、能登部とは、反対方向である。たぶん、遭難したその男は、平田悠一郎だろう。

さらに、一時間ほどして、雪上車のエンジンの音が、きこえた。

自衛隊出の中年男が、故障した雪上車を修理して、やっと、辿り着いたのである。

燃えつきてしまった焚火を、未練で、囲んでいた乗客たちの間から、期せずして、歓声があがった。

大型の雪上車には、重油のほかに、食料も、積みこまれていた。

何時間ぶりかで「ゆぅトピア和倉」の心臓部が、動き出した。

ジーゼルエンジンのひびきが、これほど、心地いいとは、日下は、しらなかった。車内が、暖かくなり、明かりもついた。

乗客たちは、ほっとすると同時に、争って、電話に、飛びついた。家族や、友人に、自分の無事をしらせるためである。

その騒ぎが、どうにか、静まってから、日下は、東京の十津川に、電話をかけた。

十津川は、ずっと、起きて、日下の電話を待っていてくれたらしい。

「大丈夫かね？」

と、十津川が、きいた。

「大丈夫です。どうやら、助かりましたし、車内で起きた殺人事件も、解決しました」

「それは、お手柄だったね。犯人は、どうなったんだ？」

「おそらく、亡《な》くなったと思いますね。雪のなかに、遭難しているのが、発見されたからです。助かっても、重罪でしょうね。殺人のほかに、列車の乗客を、騙して、危うく、死なせるところでしたから」

と、日下は、いった。

愛と孤独の宗谷本線

1

その男は、五十五、六歳で、札幌《さつぽろ》のホテルKでは、宿泊カードに、辻村康《つじむらやすし》と、名前を書いた。

中肉中背で、どことい って特徴のない男だが、暗い目つきが、妙に印象に残る感じだった。ホテルに着いた日に、夜、五階にあるバーで飲んでいたが、カウンターの隅でじっと何かを考えているようだった。

バーテンが声をかけても、男は返事もしなかった。人嫌いというより、自分の考えにふけっていて、バーテンの声がきこえないようだった。

翌朝、ルームサービスで朝食をすませたあと、男は、煙草をくわえてしばらく考えていたが、ホテルの便箋を取りあげて、手紙を書き始めた。

〈十津川警部様

あなたは、私にいわれました。事件は、もう終わったのだ。辛いだろうが、忘れなさい。忘れたほうがいいと。確かに、警察の事件としては解決したと思います。しかし、私にとっての、事件は終わらない。いや、永久に終わりはしないのです。

亡くなった理佐《りさ》は、妻のいない私にとって、ただ単にひとりの娘というだけでなく、私のすべてでした。今、私がこうして自殺もせずに生きているのは、娘の理佐を殺した男への憎しみが支えになっているからです。理佐が死んだのに、あの男が、生きている。そのことが、私には許せないのです。

私は、理佐が、あの男に殺されたのだと思っています。だから、居所がわかった今、敵《かたき》を討ちたい。それだけです。業務上過失致死で、執行猶予。笑わせないで下さい。あの男の運転するトラックから、巨大な鉄骨がひとりでに落下したとでもいうのでしょうか？　その傍を車で走っていて、その鉄骨に押し潰されて理佐が死んだのは、ただ運が悪かったとでもいうのでしょうか？

私にとって、ことは簡単なのです。あの男がいなかったら、理佐は死ななかったのです。それだけです。だから、理佐が死んだ今、あの男も死ぬべきです。

あなたにはいろいろとお世話になりました。励ましてもいただきました。しかし、私の気持ちは変わりません。

この手紙が届く頃、私はあの男を殺し、私自身も死んでいるはずです。勝手な

男だと思われても、愚かな父親と思われても、仕方がありません〉

男は、書き終わった二枚の便箋を丁寧に折りたたみ、封筒に入れた。表には警視庁捜査一課十津川様と書いてから、上衣を着、部屋のなかを見回してから、廊下に出た。

フロントで、会計をすませてから、手にしていた封筒を、投函してくれるように頼んだ。

ホテルを出ると、JR札幌駅に向かった。

十一月下旬で、東京はまだ晩秋の感じだったが、さすがに北海道は風が冷たく、初冬といった感じがする。

一一時三二分発の急行「宗谷《そうや》1号」の切符を買った。終着の稚内《わっかない》までである。

四両編成で、シルバーとダークブラウンのツートンカラーの洒落た気動車が、すでにホームに入っていた。男は、丸いヘッドマークに「宗谷」と書かれているのを確かめるように見てから、自由席2号車に乗りこんだ。

定刻に発車すると、男はじっと窓の外に目をやった。札幌の街が、流れていく。おそらく、もうこの街に戻ってくることはないだろう。男の目は、そんな目だった。

秋の観光シーズンが終わり、といって、冬のスキーシーズンにはまだ間があるので、車内はすいていた。

乗客のなかには地元の人もいたが、いかにも都会育ちといった若い男女もいた。男の目は、自然に、若い女にいってしまう。

どうしても亡《な》くなった娘と同じ年頃の女性を見つめてしまうのである。見られた女のほうは、たいてい気味悪そうに席を替えたり、睨み返したりする。

そのなかでひとりだけ、じっと男を見返してから、つかつかと通路を歩いてくると、

「何か、ご用でしょうか？」

と声をかけてきた。別に咎《とが》めている感じの調子ではなかったが、男は一瞬言葉につまって、

「何かというと――？」

と意味のないことを、もごもごと呟いた。

「私を見ていらっしゃったので、何かご用かと思って」

と、女ははっきりした口調でいい、男が黙っていると、

「何でもないのなら、私の勝手な気持ちだったかもしれませんわ」

「ああ、ちょっと待って下さい」

男は、自分の席に戻ろうとする女を、慌てて呼び止めた。

「何でしょうか？」

「まあ、座りませんか」

と男はいい、続けて、

「実は、ひとり娘を亡くしましてね。それで、同じ年頃の娘さんを見ると、つい目がいってしまうのですよ。気を悪くされたと思うが、許して下さい」

「いいえ。私のほうを見ていらっしゃったので、何か困ったことがおありになるのかと思ったんです。心細そうな顔もなさっていましたし――」

「そんな顔をしていましたか」

男は、苦笑した。男はひとり娘を亡くしたが、その前に妻も病気で亡くしている。その孤独感が顔に表れたのだろうかと思って、苦笑したのだ。

「失礼だが、おいくつですか？」

と男は、自分の前に腰をおろした女に目をやって、きいた。

「二十五ですけど」

「私の娘と同じ年齢《とし》だ」

「きっと、綺麗な方だったんでしょうね」

と、女は微笑した。

「あなたに似ていましたよ。いや、本当です。最初はわからなかったんだが、本当によく似ている。どこまで、いかれるんですか？」

「終点までですわ」

「私もです」

男は、改めて彼女を見直した。似ているといったのは嘘ではなかった。白いワンピースの上に赤いコートを羽織った格好も、娘と同じだと思った。娘も、白とか、赤の無地の服が好きだった。

少しずつ、男の気持ちがなごんでくる。

「名前をきいてもいいかな」

と、男は笑顔でいった。

「北川《きたがわ》リサです」

と、女はいった。

「リサ？」

「どうなさったんですか？　平凡な名前ですけど」

「どんな字を書くんですか？」

「片仮名で、リサですわ」

「そこが違うが、亡くなった私の娘の名前も、理佐でしてね」

男がいうと、今度は女のほうが目を大きくして、

「本当ですの？」

「ええ。だから、びっくりしたんですよ」

「そうですの」

「私は、辻村といいます。よろしく」

「稚内へ、何しにいらっしゃるんですか？　私は、純粋な観光ですけど」

と、今度は女――北川リサがきいた。

「私は、仕事です」

「どんなお仕事なんですか？　ごめんなさい、私って詮索好きなんです。よく、人にいわれます」

「仕事は、平凡なサラリーマンです。向こうに支社ができたので、業務連絡にいくんですよ。あなたは――ＯＬさんかな？」

「ええ。休暇をもらっての旅行なんです」

「稚内が好きなんですか?」

と、男はきいた。

「日本の一番北って、どんなところかなと思って。頭は悪いんですけど、好奇心だけは旺盛なんです」

リサは、微笑して、いった。

「お父さんは、どんな人ですか?」

「口やかましい父です。時々、逃げ出したくなりますわ」

「それは、あなたを愛しているからですよ。お父さんを、大切にしてあげて下さい」

「そのお荷物、網棚にあげましょうか?」

リサは急に、男が膝の上にのせてしっかりと手で押さえているショルダーバッグに、手を伸ばしてきた。

男は、慌てて、

「いや、いいんだ」

と、思わず声が大きくなった。ショルダーバッグのなかには、やっと手に入れた拳銃が隠してあったからである。

復讐のために、苦労して手に入れた拳銃だった。そのため、男は暴力団の人間に二百万円の金を支払っていた。

「でも、重そうだし——」

「いいんです。いいんだ」

と、男はつい怒鳴ってしまい、それを取りつくろうように、

「何となく、こうやって手に持っているほうが、安心なんですよ」

「辻村さんは、東京の方ですか？」

と、リサはきいた。

「そうです。私も、亡くなった娘も、この北海道が好きでしてね」

「広いからですか？」

「ええ。娘もそういっていましたよ」

男は窓の外に目をやった。列車は岩見沢《いわみざわ》に着いたところだった。

「もう十二時すぎだわ」

リサは腕時計を見て、びっくりしたようにいった。

「お腹がすいたのかな？」

「ええ。太るのを心配しながら、食べてるんです」

「あなたは別に、太ってなんかいませんよ」

「ありがとう」

「駅弁でも、買えるといいんだがね」

「長く停車する駅があるかしら？」

リサは自分のショルダーバッグを網棚からおろし、なかから時刻表を取り出して、ページを繰《く》っていた。

その間に列車は、岩見沢を離れた。

「ずっと一分停車だわ。旭川《あさひかわ》は二分停車だから、ここで買ってこよう」

と、リサはひとり言みたいにいってから、顔をあげて、

「辻村さんでしたっけ？」

「そうですよ」

「旭川に着いたら駅弁を買いにいってきますけど、辻村さんも要《い》ります？」

「二分停車で、買ってこられるの？」

「私、足には自信があるんです。学校では、短距離の選手でしたから」

リサは、にっこり笑って、いった。

（短距離の選手か）

男は、死んだ娘のことを、また思い出した。彼女も、高校、大学と、短距離の選手だった。だから車に乗っていて死んだとき、もし歩いていたのなら、反射神経がいいから助かったかもしれないと、そんなことまで考えたものだった。

「じゃあ、旭川に着いたら、私も買ってきてもらおうかな」

と、男はいった。

「何がいいですか？　旭岳《あさひだけ》べんとう、えぞ鴨《かも》めし、鮭《さけ》ちらし――」

「よくしっているね」

「ここに、書いてあるんです」

リサは、時刻表の余白の部分を男に示した。男は、眼鏡をかけて、そこにある小さな文字を読んだ。

「なるほどね。私は、鮭ちらしがいいな。若い頃、鮭弁当が好きでね。ごはんの上に鮭の切身が、一切れだけのっている弁当でね。まずしい弁当だけど、今から思うと、ひどく懐かしいんだよ」

と、男はいった。

「私の父も、なぜか、鮭弁当が好きだっていってましたわ。若い頃、それがすごいご馳走だったんですって。塩からい鮭だと、ご飯がたくさん食べられたんですってね?」

「あなたのお父さんは、私と同じくらいの年齢なのかな?」

「確か五十五歳ですけど」

「じゃあ、同じ年齢だ」

男は、嬉しそうにいった。目の前の娘と鮭弁当が好きだという父親との関係が、自分と、亡くなった理佐との二人に、ダブってきたからだった。

「あなたは、お父さんのことをどう思っているのかね?」

「父のことですか?」

「ああ。優しいとか、うるさいとか、何かあるんじゃないかと思ってね」

男は、自分の言葉に、照れたような顔になった。

亡くなった理佐に向かって、一度はきいてみたいと思っていたことだった。それなのにきくのが怖くて、ついにきけないままに彼女は死んでしまった。

理佐は、未婚のまま死んだ。葬式の時に、恋人らしい青年も現れなかったが、そうしたことの責任が自分にあったのではないかという不安が、男にはある。その怯えみたいな気持ちは、理佐が生きている時からあって、いつも彼女の本当の気持ちをききたかったのだが、きくことも、また、怖かったのだ。

「うーん」

と、リサは大きな目をくるくる動かして考えていたが、

「優しいし、うるさいし、好きだけど、時々、嫌いになるし――」

「嫌いというのは、誰でもたいてい、父親をそんなふうに思うものかね？」

「そうだと思いますわ。父親というのは一方で優しくあってほしいけど、一方では頼もしい存在であってほしいんだから、父親も大変だと思っているんです」

「あなたは、まだ結婚していないの？」

「ええ」

「恋人は？」

「男の友だちはいるけど、恋人という人はいません」

「それは、お父さんがうるさくいうからなの？　まだ結婚は早いとか、つき合っている男友だちについて、あれこれ批判するから？」

「辻村さんは、そんなにうるさくいってたんですか？」

リサにきき返されて、男は狼狽《ろうばい》した。自分は理佐に対して、うるさいだけの存在だったのだろうか？　それに返事をしてくれる娘は、もういないのである。

「私は、うるさくいったつもりはなかったんだがね」

「私が結婚しないのは、仕事が面白いからなんです。父は関係ありませんわ。最近は、仕事が面白いから、当分結婚したくないという女性が、増えているんですよ」

「そうか。仕事が面白いからか」

男は、ほっとした顔になった。理佐はグラフィックデザインの仕事をしていたのだが、仕事が面白いといっていたことがあったと思う。そうなのだ。結婚しなかったのは、仕事が面白かったせいなのだ。

旭川に着くと、リサはホームに飛び降りて、ホームで売っている駅弁を買いに走っていく。

(元気だな)

と男は微笑して見ていたが、ふと座席に目をやった。彼女のショルダーバッグが、置いてある。

(ルイ・ヴィトンか)

理佐もヴィトンが好きだったなと思いながら、男は手に取った。

男は、あの事故の時、病院から電話を受けて駆けつけたのだが、すでに理佐はこと切れていた。顔には白布がかけられていて、その枕元に、ぽつんと、彼女が愛用していたヴィトンのバッグが、置かれていた。去年の彼女の誕生日に、男が買ってやったものだった。

そんな光景が、一瞬男の脳裏をよぎったのだが、彼の目が「おや?」という感じで、大きくなった。

リサのショルダーバッグにぬいつけた感じで「S・H」と、あったからである。

彼女は、北川リサと名乗った。それならイニシャルは、R・Kか、K・Rのはずだった。

(変だな)

と、思ったとき、彼女が息を切らせて戻ってきた。男は慌てて、ショルダーバッグを彼女の座席に、戻した。

列車が、動き出した。

「ああ、間に合ったっ」

と、リサは大声でいい、

「はい。辻村さんの分」

と、駅弁を一つとお茶を、男の膝の上にのせた。

「ありがとう」

「ホームは寒かったから、雪になるかもしれないわ」

リサは、楽しそうにいった。

男はイニシャルのことをききたかったが、何となくききそびれて、鮭ちらしのふたを開けた。彼が若い頃に親しんだ鮭弁当とは違っているが、それでも鮭の匂いは懐かしかった。

「あっ、イクラも入ってる」

リサは無邪気に声をあげている。

「うん。いろいろ入っているんだ」

と、男はいいながら、目はやはり彼女のバッグに走ってしまう。

リサは敏感にそれに気づいたらしく、

「ああ、このイニシャルなら、お友だちのを借りてきたんです。佐藤弘子《さとうひろこ》さんって人なの。だから、S・Hになっているんです」

「なるほど」

と、男はうなずいた。が、なぜか、かえって疑問は大きくなった。

彼女は、自分の名前をリサだといった。片仮名だというが、亡くなった男の娘と同じ名前なのだ。偶然だろうが、その偶然に男は、ほんの少しだが、疑いを持つようになっていた。

（しかし、この娘には、初めて会ったのだ。そんな娘が、わざと、リサと嘘の名前をいうだろうか？）

男は駅弁を食べながら、じっと相手の顔を見つめた。

「前に、あなたに会ったかな？」

「いいえ。でも、辻村さんは、東京からどうやって、北海道にいらっしゃったんですか？」

と、リサはきいた。

「昨日、千歳《ちとせ》まで飛行機できて、札幌のホテルに泊まって、今日、この列車に乗ったんだけどね」

「それなら、飛行機のなかで、会ってるかもしれませんわ。私も、昨日、飛行機できたんですから」

「何時の飛行機？」

「確か、午後四時頃の便でしたわ」

「それなら、一緒だったかもしれないね。私は午後四時のＪＡＬだったから」

「私も、ＪＡＬだった」

「その前にも、会ったことがあったかな？」

「あっ。雪！」

リサは突然、空を見て叫んだ。

反射的に、男も窓に目をやった。何か白いものがちらついている。雪だった。

今年初めて見る雪である。

だが男は雪に感動するよりも、リサにはぐらかされたような気分になった。それが気持ちに引っかかって、逆に彼女に対する疑いが深くなってしまった。

(この女は、俺のことを、前からしっている)

と、男は思った。

亡くなった娘の名前が、理佐であることもしっているのではないのか。だからこの女は、リサと名乗ったのではないのか？

もしそうだとして、なぜこの女は、そんな芝居までして、近づいてきたのだろうか？　それが男にはわからない。

男はじっと窓の外に目をやった。降り出した粉雪を見ているのではなく、考えているのだった。

「ちょっと失礼。トイレにいってきます」

といって、男は立ちあがった。

通路を歩いていきデッキに出たが、トイレには入らず、振り向いて、じっと、様子を窺った。

リサはちらちら、男が座席に置いていったバッグを見ていたが、急に手を伸ばすと、ひょいと自分の膝の上にのせ、ファスナーを開けた。片手で中身を探っている。

(やはりか)

と、思った。

わざと足音を立てて、通路を戻っていくと、リサは弾《はじ》かれたように、バッグを男の座席に戻した。だがファスナーは開いたままになっている。

男は怒るよりも悲しくなった。女の目的はわからないが、亡くなった娘と同じ名前ときいて、二時間あまりの間、甘く感傷的な気分にひたっていたのである。

「ごめんなさい」

と、リサは狼狽した顔で男にいった。

「男の人のバッグって、何が入っているのかと思って――」

「――」

男は黙ってショルダーバッグを持って立ちあがり、隣の車両に歩いていった。

2

空《あ》いている座席を探して腰をおろしてから、男は自分を叱りつけた。

(これから稚内にいき、娘を殺したあの男に復讐するのだ。それなのに感傷なんかにふけるから、馬鹿な目に遭うのだ)

男は、きつい目になり、煙草に火をつけた。

窓の外の粉雪はやみそうにない。ただ、気紛れな天気で、時々ぱあっと陽が射したりするのだ。

ひょっとしてあの女は、この車両まで追ってくるかもしれないと思ったが、その気配はなかった。

一四時〇六分に士別《しべつ》に着く頃になると、少しずつ、気持ちも落ちついてきた。

稚内までは、あと三時間もある。車販で缶ビールを買って、少しずつ飲んだ。

（それにしてもあの女は、何者だったんだろう？）

そんな疑問が、また沸きあがってきた。

今は北川リサという名前も、嘘だと思っている。彼女のバッグには、S・Hのイニシャルがついていた。たぶん、あれが本名なのだ。

（それにしてもなぜ、娘の理佐の名前をしっていたのだろうか？）

何とかこじつけた答えはある。

娘の理佐が亡くなった時、新聞にも出たし、不運な悲劇ということで、テレビも取りあげた。

リサと名乗った女は、それを覚えていたのではないだろうか？

亡くなった理佐と同じ名前だといえば、男が懐かしさから油断する。油断させておいて、金を狙ったのか？　あんな綺麗な顔をしているが、列車内で乗客の金を狙う女だったということも考えられる。

（俺がよほど間抜けに見えたのか。それとも金を持っているように見えたのか）

と、男は考えた。

男は、復讐だけを考えていた。それが傍目《はため》には虚脱したように見えていたのかもしれない。

また男は稚内で相手を殺したら、自分も死ぬ気だったから、東京ではすべてを清算してきた。貯金は全額をおろし、借金は払い、娘が葬られている寺にいき、永代《えいたい》供養を頼み、お金を置いてきている。

そのあとの残った金は、百万あまりだった。それをショルダーバッグに入れて持ってきた。あの女はそれを狙ったのだろうか？

男は本当にトイレにいきたくなり、煙草の吸殻を灰皿に捨て、ショルダーバッグを持って、立ちあがった。

リサには会いたくないので、反対側に歩いていった。

トイレに入り、用を足して、出てきたときだった。いきなり、横から殴られた。文字どおり、目の前で火花が散り、その場に倒れこんだ。

誰かが、ものすごい力で、ショルダーバッグを奪い取ろうとする。

男は意識を失いかけながら、必死で、ショルダーバッグを押さえた。だが、相手の力は強かった。

引きちぎるようにショルダーバッグを奪い取って、相手は車内に逃げこんだ。

男は、かすむ目で相手を見つめた。大きな男の背中が一瞬、目に入った。

「待て！」

と叫んだつもりだったが、声にならなかった。

猛烈な頭の痛みで、思わず唸り声をあげていると、通りかかった車掌が、車掌室に運んで、頭を冷やしてくれた。

「次の駅で、警察に連絡してもらいますか？」

と、車掌がきいた。

「いや、それはやめて下さい」

と、男はいった。

「しかし、瘤ができていますよ。殴った犯人は見たんですか？」

「いや、もう大丈夫ですよ。それに、誰に殴られたか、わからないんです。別に被害はないから、大丈夫です」

「しかし――」

「早く、稚内にいきたいんです。だから、もう構わないで下さい」

と、男はいった。

車掌はわけがわからないという表情をしたが、乗客の言葉には反発はできないという感じで、

「お客さんが、そういわれるのなら――」

と、いった。

男は車掌室を出ると、洗面所で顔を洗って、座席に戻った。

「あれ！」

と思ったのは、座席に無造作に彼のショルダーバッグが、ほうり出してあったからである。

男は、腰をおろして、ショルダーバッグを調べてみた。

ファスナーは開いたままである。下着などは残っていたが、封筒に入れた百万円は、見事に消えていた。

やはり、金を狙ったのか。と男は苦笑した。稚内で一泊するぐらいの金は、上衣のポケットにある財布に入っている。切符もポケットのなかだから、別に困りはしない。

(二度も金を狙われたか)

と男は思い、呆れた顔になって煙草をくわえた。

復讐に使う拳銃は、リサが旭川で駅弁を買いに走ったとき、ショルダーバッグから出して、上衣の内ポケットに隠している。

(百万円ぐらい、くれといえば、あげたかもしれないのに)

と男は思い、手でそっと上衣の上から拳銃を押さえた。これさえあれば、復讐はできる。

（しかし――）

男は、急にまた、難しい顔になった。

自分のショルダーバッグを見直した。ブランド物ではないし、長く使っていて、くたびれている。

とても、なかに百万円の現金が入っているとは、思えないだろう。

それなのになぜ、二人の人間が、このショルダーバッグを狙ったのかという疑問が、わいてきたからである。

それも、リサは笑顔で近づいてきて、男を油断させておいて盗《と》ろうとしたし、大男のほうは、彼がトイレから出てくるのを待ち伏せして、殴りつけたのだ。

このショルダーバッグに、百万円が入っているのをしっていたとは、思えなかった。男は、家を出る前に百万円入りの封筒をショルダーバッグに入れたし、その後、なかから取り出したことがなかったからである。

（わからなくなった）

男は、小さく首を横に振った。

男は立ちあがり、車内を見回した。やたらに背中が大きく見えた犯人がいないかどうか、しりたかったのだ。

確か、グレーっぽい上衣を着ていた。だが、グレーの上衣を着た男は四、五人いる。

それに、上衣を脱いで、ワイシャツ姿になっている男も、二人いるのだ。

ほかの車両に、逃げてしまったのかもしれない。

男は、百万円を盗られたことよりも、相手の正体がわからないことに、腹を立て、いらだった。

男は、目を閉じて、復讐以外の余分なことは考えまいと、自分にいいきかせた。

殴られたところが、痛む。手で触れると、大きな瘤ができているのが、わかった。

男は、もう一度、洗面所にいき、ハンカチを水にひたして、それで冷やした。ついでに顔も洗いかけた時、ふいに背後から、頭を押さえつけられた。すごい力で、水のなかに頭を突っこまれた。

「よくきけ！」

と、男の声がいった。

「水のなかでも、耳はきこえるだろう。ピストルは、どこだ？　拳銃は、どこにあるんだ？」

「――――」

男はもがいた。もがきながら、片手を内ポケットに入れ、拳銃を摑もうとした。

「動くんじゃない！」

と、いっそう頭を水に突っこまれた。

男は、苦しさでもがいた。ぶくぶくと水のなかであぶくが出る。

（このまま窒息して死んでしまうのだろうか？）

と、男が覚悟した時、ふいに彼を押さえつけていた力が消えた。

「ぶわっ」

と男は声をあげ、続いて、激しく咳こんだ。

「大丈夫ですか？」

と、中年の女が、声をかけてきた。傍に五、六歳の女の子がいて、じっと男を見つめている。

（この母娘がきたので、犯人は逃げ出したのか）

と、思いながら、男はハンカチで顔を拭き、母娘に場所をゆずった。

「本当に、なんでもないんですか？　車掌さんを呼んできましょうか？」

と、女は心配そうにきいた。

「何でもありません」

と、男はいって、洗面所を離れた。が、すぐには座席に戻る気になれず、しばらく、デッキに立っていた。

震える手で、煙草を取り出し、火をつけた。

（拳銃のことをしっていやがった）

そのことが、ショックだった。さっきの男はたぶん、頭を殴ってショルダーバッグを奪ったのと同一人だろう。

拳銃はどこだときいたところをみると、ショルダーバッグを奪った時も、犯人の目的は、百万円の金ではなく、拳銃だったに違いない。

（リサという女の目当ても、百万円ではなく、拳銃だったのだろうか？）

男は、だんだん怖くなってきた。

死ぬことが、ただ怖いのではない。娘の敵を討つ前に殺されることが、怖いのだ。理佐の敵を討ったあとなら、もう何も怖いものはない。

男は、ドアの小さな窓から、外を見た。しばらく見ているうちに、名寄《なよろ》に着いた。

男はホームに降りた。

雪はいつの間にかやんでいたが、ホームにはうっすらと雪が積もり、風が冷たかった。

四両編成で、ここまでやってきた「宗谷1号」は、この名寄で一両だけ切り離され、この先は三両でいく。

その切り離し作業が、始まっていた。

男は、どうすべきか迷った。列車内には、まだリサもいるし、大男もいる。特に大男のほうは、また拳銃を奪《と》ろうと、襲ってくるだろう。

向こうはこちらの顔をしっているのに、こちらは犯人の顔をしらないのだ。

三両と、短くなってしまった列車内では、今まで以上に逃げ場がない。

男は、もう五十歳をすぎている。力では、あの若い大男にとてもかなわないと思った。拳銃を使えば勝てるだろうが、撃ったとたんに逮捕されてしまうだろう。そうなったら、娘の敵は討てなくなる。

三分停車で「宗谷1号」が名寄を出発する時、男は待合室に隠れた。

リサと大男が降りてこないかと、男はじっと離れていく列車を見つめた。

二人は降りてこず「宗谷1号」は視界から消えた。

ショルダーバッグは列車に置いてきてしまったが、百万円は盗られてしまっているし、価値はない。

急に自由になったような気がして、男は待合室のなかを見回した。隅のキオスクでは、ちょうど、夕刊が届いたところで、中年の売り子が、二人で束を解いて、新聞を売りやすいように並べている。

気温は、零度くらいだろうか。石油ストーブが燃え、そのまわりで地元の人たちらしい男や女が、列車を待ってお喋りをしていた。

男は、時刻表のパネルを見にいった。とにかく、稚内にはいかなければならないのだ。

宗谷本線は、一応、本線という名前はついているが、この名寄以北になると、極端に列車の本数が少なくなる。

「宗谷1号」が出てしまったあと、稚内までいく列車は、名寄一九時三〇分発の「宗谷3号」しかなかった。

今、午後二時半をすぎたばかりだから、あと五時間も待たなければならないのだ。急に、ぽっかりと隙間があいてしまった形で、男はどうしてその五時間をすごしたらいいのか、迷ってしまった。

しばらくは待合室のガラス窓越しに、ホームを見たり、駅前の商店街を見たりしていた。

その間も、内ポケットに隠している拳銃のことが、気になった。制服姿の警官が入ってきたりすると、自然に顔をそむけてしまう。自分がまわりの人間に、見られ、探られているような気がしてしまうのだ。

また、粉雪が舞い始めた。陽が陰ってうす暗くなると、粉雪の白さが一層はっきりしてくる。

ドアを開けて駅の外に出ると、強い風と一緒に、細かい雪が男の顔に当たった。

男は、小走りに駅近くの喫茶店までいき、なかに入った。

店のなかはがらんとして、ほかに客はいなかった。

男は、隅のテーブルに腰をおろし、コーヒーを注文した。

財布を取り出し、そのなかに入れている娘の写真を眺めた。学生時代の理佐の写真である。なぜか男は、その頃の娘が一番好きだった。まだ自立していなくて、父親の彼を頼っていた頃の理佐である。

(間もなくだよ)

と、男は写真に向かって語りかけた。

理佐を殺した男は、裁判では、本当に申しわけなかったと、殊勝に涙を流して見せた。しかし、執行猶予つきの判決が出たあと、まるで無罪を勝ち取ったみたいに、友だちと飲んで騒いだのを、男はしっているのだ。裁判の時の涙は、同情を引くための空涙《そら》だったのだ。

そして、姿を隠してしまった。見つけ出すのに、男は家を売り、その金で何人もの私立探偵を雇った。復讐のために、拳銃を手に入れた。理佐の無念を晴らすためなら、いくら金を使っても惜しくはなかった。

あの男、理佐を殺した男、小坂井貢《こさかいみつぐ》が、北海道の北端、稚内で、友人と喫茶店をやっているとわかったのは、一週間前である。

それから男は、車で東京近郊の山へいき、拳銃を何回か撃ってみた。生まれて初めて撃ってみたのだが、不思議に銃口がぶれることもなく、樹にピンで留めた人形《ひとがた》に命中した。もちろん、実際に生身の人間を相手に、引き金がひけるかどうかはわからない。しかし理佐の顔を思い浮かべれば、何のためらいもなく撃てると、男は思っていた。

コーヒーを飲みながら、男は、店の壁に貼ってある時刻表に、目をやった。

一九時三〇分名寄発の「宗谷3号」に乗ると、稚内に着くのは二二時一六分である。

午後十時すぎだが、そのくらいの時間のほうがいいかもしれない。復讐は、夜のほうがふさわしいからだ。

男は、また、北川リサと大男のことを、思い出した。

今頃、彼が「宗谷1号」から降りたことに気がついているだろう。そして、どうするだろうか？

あの二人が、二人とも彼の拳銃を奪ろうとしているのだとすると、辛抱強く、稚内で、待っているかもしれない。

自称リサは、彼が終点の稚内までいくのをしっている。大男のほうは、なぜか彼が拳銃を持っているのをしっていた。とすると、稚内へいくことだって、しっている可能性があるのだ。

（とすると、このまま「宗谷3号」で稚内へいくのは、危険かもしれないな）

と、男は考えた。

男は、もう一杯コーヒーを頼み、それを前に置いて、時刻表を見直した。

宗谷3号

名寄	19:30
	↓
美深	19:50
	↓
音威子府	20:16
	20:17
	↓
天塩中川	20:47
	↓
幌延	21:20
	21:20
	↓
豊富	21:35
	↓
南稚内	22:12
	↓
稚内	22:16

危険だからといって、名寄から稚内まで、タクシーでいくのもどうかと思った。

雪は降り続いているから、夜になると、道路は凍結してしまうかもしれない。道路が、不通にでもなったら、復讐の時間が遅れてしまう。

男は、札幌のホテルで、警視庁の十津川警部に手紙を出してしまった。あれは、これから自分のする行為を誰かにわかってもらいたかったのと、十津川警部に宣言することで、自分自身に弾みをつけようと思ったのだ。もう後戻りはできないのだと、自分にいいきかせるためである。

あの手紙は、明日の午後には、東京の十津川警部のところに着くだろう。

それまでにすべてを終えているつもりなのだ。

しかし道路が不通にでもなって、明日になってしまうと、事情をしって、十津川警部が稚内の警察に連絡して、復讐を止めようとするに違いない。

だから何としてでも、明日の朝までに、できれば今夜中に、あの男を殺したいのだ。

（タクシーの区間は、短くしたほうがいいだろう）

と、男は、思った。

十九時三十分まで何とか時間を潰して、男は「宗谷3号」に乗った。

すでに周囲は暗い。雪は相変わらず軽い粉雪で、大雪になる気配はない。

地図では、天塩川《てしおがわ》に沿って列車は走っているはずなのだが、粉雪が舞う夜では何も見えなかった。

ヒーターは利きすぎているくらいで、車内は暑かったが、男は拳銃が内ポケットに入っているので、上衣を脱ぐわけにはいかなかった。

美深《びふか》、音威子府《おといねっぷ》と、停まるたびに、男は注意深くホームに目をやった。

リサと大男は、たぶん終点の稚内で、待ち伏せていると思うのだが、あるいは男が名寄で降りたとしって、稚内までの途中で降りて待っていることも、考えられたからだった。

「宗谷1号」の次は「宗谷3号」しかないし、その列車が稚内行の最終なのである。とすれば、途中の駅で待っていて、この「宗谷3号」に乗れば、また捕まえられると考えるだろう。

何としてでも拳銃を奪いたければ、この列車に、乗りこんでくるに違いない。

幌延《ほろのべ》に着いたとき、男はホームに北川リサがいるのに気がついた。

(やはり、いた)

と、男は思った。

男は最後尾まで通路を走っていき、列車が停まると同時にホームに飛び降りた。

ここは三十秒の停車時間である。男が降りるとすぐ「宗谷3号」は動き出した。

ホームから、北川リサの姿が消えているところをみると、乗りこんだのだ。

（うまくいった）

と、思わず、男がにやっとする。動く列車の窓から必死にこちらを見ているリサの顔が見えた。

男は軽く手をあげて見せてから、改札口に向かって歩き出した。

駅を出てすぐ、男はタクシーに乗りこんだ。

「稚内にいってくれ」

と、男はいった。

タクシーは国道40号線、通称、稚内国道を、北へ向かって走り出した。

タクシーがスピードをあげると、粉雪が舞いあがる。

「稚内まで、どのくらいかかるね？」

と、男は、運転手にきいた。

「一時間半くらいですよ」

とタクシーの運転手はいった。それだと「宗谷3号」より三十分ほど遅れて、稚内に着くだろう。

「道は、大丈夫かね？」

「このくらいの雪なら、何ということもありませんよ」

「じゃあ、安心だ」

男は、背中をシートにもたせかけて、目を閉じた。

北川リサはうまくまいてやったが、大男のほうはどこにいるのだろうか？

「宗谷1号」に乗って、稚内までいったのか。

（それに、あいつはなぜ、拳銃をほしがっているのだろうか？　俺から百万円を取りあげたのだから、それで満足すればいいのに）

目をつむって、考え続けた。どうも薄気味悪いのだ。

小坂井を殺すのを、あの大男が邪魔するような気がして仕方がなかった。

（どうしても拳銃がほしいのなら、その百万円で買えばいいだろうに）

とも、思う。

男だって、金を積み、いろいろと手をつくして、暴力団から拳銃を手に入れたのである。S&Wの三八口径リボルバーである。六連発で、二発試射したので、あと四発しか残っていないが、小坂井ひとりを殺すのに充分だろう。

「お客さんは、どこからいらっしゃったんですか？」

と、運転手が話しかけてくる。

男は目を開けた。

「東京からだよ」

「やっぱりね。東京の方だろうって思いましたよ」

「なぜだい？」

「わたしも昔、東京に住んでたことがあるから、何となくわかるんですよ」

「そう――」

男は、前方の闇に、目をやった。

東京の道路のように、街灯は多くない。というよりほとんどないから、道路は暗い。車のライトの届く範囲だけが明るくなり、そこに粉雪が舞っている。

道路の両側は、雑木林や畠や山脈《やまなみ》などなのだろうが、暗い闇に溶けこんでしまっていた。

それより、左手には利尻富士《りしりふじ》があるはずなのだが、それも見えない。

3

運転手のいったとおり、一時間半ほどで、タクシーは稚内に着いた。

「どのあたりへ、着ければいいんですか？」

と、運転手がきく。

「税務署の近くだというんだがね」

「私は、幌延の人間で、よくわからないから、きいてきますよ」

と、運転手はいい、JR稚内駅前で車を駐めると、降りて、派出所にききにいってくれた。

男は、また目を閉じて、シートに体を埋めた。

突然、ドアが強引に開けられたので、はっとして目を開けると、大男が乗りこんできた。

同時に、運転席にも若い男が乗りこみ、いきなり、タクシーを発進させた。

「何をするんだ？」

と、男が叫ぶと、彼の隣に入ってきた大男は、ナイフを脇腹に突きつけた。

「拳銃は、どこだ？」

と、いった。

その声は、まぎれもなく「宗谷1号」の車内で脅迫してきた男の声だった。

「君たちは、何者なんだ？」

と、男は蒼ざめた顔で、きいた。

「そんなことは、どうでもいいから、早く拳銃を出せよ」

「そんなものは、持ってない」

「あんたは辻村さんだろう？　それなら拳銃を持っているはずだ。出せよ」

と、大男はいい、ナイフの先で脇腹を突ついた。

その間も運転席の若い男はアクセルを踏みつけ、むちゃくちゃに車を飛ばしていく。

「上衣のポケットか？」

と、大男は、彼の上衣の内側に、手を突っこんできた。

その時、対向車が、スピードをあげて迫ってきた。十一トントラックだった。

若い男が、反射的にハンドルを切る。

大男の不安定な体が、ドアに叩きつけられた。

彼の脇腹に突きつけられていたナイフが、宙に泳ぐ。

男は、必死で、内ポケットから拳銃を抜き出して、大男に向けた。

「降りろ！」

と、叫んだ。

だが、大男はせせら笑って、殴りかかってきた。

彼は、反射的に、引き金をひいた。

狭い車内に銃声がひびきわたり、大男が悲鳴をあげた。右肘に弾丸が命中したのだ。

血が噴き出し、ナイフが床に落ちた。

「おい、何してるんだ！」

と、運転していた若い男が、ブレーキを踏んだ。

車が、急停車する。男は、ドアを蹴飛ばして開け、道路に飛び降りた。

「逃げるのか！　この野郎！」

という怒鳴り声をききながら、彼は走った。

稚内のどこを走っているのか、わからなかった。とにかく、暗がりに逃げこんで、やっと一息つき、手に持っていた拳銃を、内ポケットにしまった。

ぜいぜい息を切らしていた。それが少し落ちついてきた時、突然、

「おい！　辻村、逃げられるもんじゃないぞ！　素人がそんな危ないもの持ってたら、怪我するぞ！　すぐ出てきて、それを渡したらどうなんだ！」

と頭の上で、大きな声が、ひびきわたった。

マイクを使って、あの二人が、がなり立てているのだ。

男は、怯えた。彼らがなぜ、これほど執拗に、拳銃をほしがるのか、その理由がわからないことへの怯えだった。

男は、彼らのわめき立てるような声に追われるように、暗がりへ、暗がりへと、体を移動させていった。

しかし、彼らは、しつこく追いかけてきた。

「いいかげんに出てこないか！　どこまでも、追いかけるぞ！　早く渡さないと、捕まえて、首を絞めあげてやるぞ！」

マイクの声が、移動する。

まるで、その声に包囲されてしまったような感じだった。

今度は、もうひとりの声が、暗闇を引き裂いた。

「辻村さんよぉ。そんなもん、あんたは要らんだろうが。俺たちに、おとなしく渡したらどないなんや。それとも、死にたいんか！」

新しい声は、関西弁《かんさいべん》で怒鳴った。からかっている感じで、よけいに、恐ろしかった。

（どうしたらいいだろう？）

彼は、動くことができなくなった。一刻も早く、小坂井のやっている喫茶店へいきたいのだが、明るい場所へ出ていけば、たちまち連中に捕まってしまうだろう。

このままでは、理佐の敵が討てない。

その時、遠くで、パトカーのサイレンがきこえた。

それが、次第に近づいてくる。がなり立てていた連中の声が、急にやんでしまった。

男は、ほっとした。たぶんこの近くに住む人たちが、マイクの声がうるさくて、一一〇番したのだろう。それとも、タクシーを盗まれた運転手が、一一〇番したのだろうか。

いずれにしろ、男は、ほっとして暗がりから出た。明るい場所へ歩いていった。パトカーが、男の傍を通り抜けていった。

男は、通りがかったタクシーを停めた。

「税務署のあるところまで、いってくれないか」

と、男がいうと、中年の運転手は、バックミラーのなかをちらちら見ながら、

「この時間じゃあ、税務署はもう閉まっていますよ」

「わかってるよ。税務署に用があるんじゃないんだ。その近くに用があるんだ

よ。とにかく、早くいってくれ」

と、男はいった。

運転手は、わかったというようにうなずいて、車を出した。

「お客さんは、どこからいらっしゃったんですか?」

と、運転手がきく。

「東京からだよ」

「東京の人ですか。夜遅く着かれたんですねえ」

「疲れてるんだ。少し、黙っててくれないかね」

と、男はいった。

「わかりました。すいません」

運転手はうなずいた。が、急にきょろきょろしだした。車のスピードも、遅くなった。

男は、眉を寄せた。

「何をしてるんだ?」

「お客さんのいわれた税務署を探しているんですよ。確か、このあたりにあったはずなんですがねえ」

「――」

男も、窓の外に目をやった。その顔が急にゆがんだ。

男は、東京を出発する時、稚内の地図を見ている。

目標とする稚内税務署が、街のどのあたりにあるかだけは、しっているのだ。

今、窓の外に、暗い海が見えた。ここは稚内港の近くではないのか？　税務署は、地図で見た時、海の傍ではなかった。

北川リサと名乗る女に騙されたり、大男たちに襲われたりして、男の神経は萎《しぼ》んでいた。

男は、拳銃を取り出して、運転手の後頭部に突きつけた。直前に大男に向かって発射しているので、度胸がすわってきていた。

「どこへいくつもりなんだ？」

と、男は、押し殺した声を出した。

運転手の肩が、ぴくんと、震えた。

「助けて下さい」

と、震える声を出した。

「俺は税務署へいけと、いってるんだ。海を見たいとは、いってないぞ」

「だから、探しているんですよ。助けて下さいよ」

「それなら、早くいってくれ」

と、男が拳銃を相手から離した瞬間、運転手は突然、ドアを蹴破るようにして外へ飛び出した。

男は、撃つわけにもいかず、苦笑して見送っていたが、運転手の逃げていく先に、交番の赤い明かりがあるのに気づいて、慌てた。

（あの野郎！）

と、舌打ちして車から外へ出た。

運転手は、警察を探していたのだ。車を乗り逃げされた幌延のタクシー運転手が、駅前の派出所に訴えたのだろう。運転手は、大男たちのことはしらないだろうから、幌延から乗った男が乗り逃げしたと思いこみ、彼の顔立ちを警察にしらせたに違いない。

たちまち、そのことがこの稚内のタクシー運転手たちの間に、口コミで広がった。今の運転手もそれをしっていて、だから、バックミラーでじっと男の顔を見、探るような質問をしていたのだ。そして乗り逃げ犯人と見て、警察に引き渡そうとしたのだろう。

（どうして、こんなことになるんだ？）

と、男は、腹を立てながら、深夜の稚内の街を歩いた。

（俺は、たったひとりの男を殺したいだけなんだ。ほかの人間に迷惑をかける気なんか、ぜんぜんないんだ。それなのに――）

と、思う。

交番の明かりが見えると、慌てて路地に逃げこむ。今、職務質問されて拳銃が見つかったら、たちまち留置場にぶちこまれてしまうはずだ。

ふと、駅の前に、稚内の観光案内地図が立っているのを見て、男が立ち止まった。

現在位置が描いてある。男は、そこから税務署の場所まで目で追ってみた。

どうやら、ここから北東の方向に、五、六キロのところのようだ。歩いていくと、一時間半はかかってしまうだろう。といってタクシーに乗れば、また警察に駆けこまれる心配がある。

男は、仕方がないので、考えながら、税務署の方向に向かって、歩き出した。

途中で自転車置場があり、あふれた自転車が放置されているのを見て、男はそれを無断で借りることにした。

乗って、走り出した。

観光地図にあった道路を頭に描きながら、ペダルをこぐ。

車の往来は少なくて走りやすい。寒さも気にならなかった。これなら十五、六分で着けるだろう。

自転車の横を通過した車が、進路を塞ぐように斜めに急停車した。

ドアが開いて、男が二人、降りてきた。

あの大男と、パンチパーマの若い男だった。

(またか)

と思い、慌てて自転車の方向を変えて逃げ出した。

「待て!」

と、二人のどちらかが、大声で叫ぶのがきこえた。

彼らは車に戻って、今度は車が追いかけてくる。たちまち、追いつかれる。

彼は、細い路地に、逃げこんだ。男たちは車から降りると、駆け足で、追いかけてきた。

(どうしてなんだ? なぜ、こんなにしつこいんだ?)

と、呟きながら、彼は、必死でペダルをこいだ。

連中はたぶん、ヤクザかチンピラだろう。拳銃をほしいのはわかるが、百万円を奪ったんだから、それで買えばいいじゃないか。なぜ、そんなに追いかけ回して、俺の拳銃を奪ろうとするんだ?

足が、だんだん疲れてくる。ふと足をとめると、きこえていた連中の足音がきこえなくなっていた。

ほっとして、自転車から降りた。が、また道がわからなくなってしまった。この深夜では、道をきく相手も見つからない。

男は、もう一度、さっきの観光地図を思い浮かべ、自転車で逃げ回ったルートを必死で考えた。それを重ね合わせて、今の自分の位置をしりたかったのだ。

幸い雪がやみ、月が出ている。前方に小高い丘が見えた。それが市民スキー場のある稚内公園だろう。有名な氷雪の門のある場所だ。

とすると、反対方向は海岸になる。

税務署は、海岸から稚内公園に向かって進み、右に折れた方向のはずだった。

男は、自転車にまたがり、公園に向かって走り出した。

通りに出たら、右に折れればいい。

周囲は、やたらに静かだった。大男たちもどこかへいってしまったらしい。

通りへ出た。

右に折れて、まっすぐ走る。

突然、駐まっていた灰色の車が、眠りを覚ました獣のように、エンジンの唸り声をあげた。男の自転車に襲いかかってきた。

男の自転車は、はね飛ばされ、彼は歩道に叩きつけられた。

それでも、男は、夢中で起きあがった。まだ参るわけにはいかないのだ。

よろけながら、逃げる。

自転車をはね飛ばした車は、急ブレーキをかけて停まり、猛スピードでバックしてきた。

「捕まえろ！」

と、例の大男が、叫んでいるのが、きこえた。

「殺しちまえよ」

と、若いほうが、面白そうにいっている。

二人が、車から降りてくる。

（もう、逃げられない）

と、男は思った。右足がやたらに重い。はね飛ばされた時、どうにかなったらしい。

すぐ、捕まってしまうだろう。そして、連中は、俺を脅して拳銃を取りあげるに違いない。

男は、拳銃を取り出した。近づいたら、撃ち殺してやる。殺せるかどうか、わからなかったが――。

だが、連中は、どうしたのか、慌てた感じで、車に駆け戻り、乗りこむと同時に、逃げるように発進させた。

男は、呆然と見送っていたが、パトカーがゆっくり近づいてくるのを見て、そうかと思った。

男はほっとしながらも、自分も警察に捕まってはならないのだと思い、暗がりに身を伏せた。

パトカーが停まり、警官がひとり降りてきた。はね飛ばされたスポークや、タイヤのひん曲がった自転車を調べている。

だが、パトカーに残っていた警官に呼ばれて、自転車をほうり出して、戻っていった。そのまま、警官は無線で報告を始めた。ドアを開けたままなので、その声がきこえてくる。

――例の男ですが、まだ見つかりません。はねられたと思われる自転車が転がっており、車が逃げ去るのを見ましたから、例の男は、自転車に乗ってきて、はねられたと考えられます。場所は、×丁目で、問題の税務署までは、二百メートルほどです。周辺に、血痕といったものは見つかりません。

（俺のことを、いってるんだ）

と、男は、思った。税務署といったのは、彼がタクシーの運転手に、税務署の近くにいってくれといったからだろう。

（すっかり、タクシー強盗に間違えられてしまったらしい）

と、男は、思った。状況から見て、それも仕方がない。とにかく、娘の敵を討ったあとは、もう、この世に未練はなくなるのだ。

無線での連絡をすませると、パトカーはゆっくり走り去っていった。

男は立ちあがり、歩き出した。税務署まで二百メートルといった警官の言葉が、彼を力づけた。

右足を引きずりながら、必死で、歩き続けた。

やがて前方に、それらしい建物が見えてきた。

〈稚内税務署〉

の看板が、見えた。

たぶん、あの建物の周辺には、タクシー強盗を逮捕しようとして、刑事たちが張り込んでいるだろう。

だが、こちらは、小坂井のやっている喫茶店に、用があるのだ。

(お生憎だな)

と、男は、小さく笑った。

暗がりを選んで歩きながら、男は、喫茶店を探した。

見つけた。ガラスドアに、金色で、探していた名前が書いてあるのを見つけた。

二階建てで、階下の店の部分は真っ暗だが、二階には明かりがついている。二階が住居になっているらしい。

男は、裏口に回った。

緊張し、右足の痛さを忘れていた。店の入口のほうは綺麗だが、裏口は汚れて、安っぽい。

拳銃を抜き出し、男はその台尻で、ガラスを叩き割った。周囲が静かなせいか、大きな音にきこえた。

男は、耳をすませた。が、これといった反応はない。男は割れたところから手を差し入れ、鍵を外した。

裏口のドアを開けて、なかに入る。

人のいない店だった。男は、そのまま二階へあがろうか迷ったが、店のテーブルの一つに腰をおろし、わざと、椅子の一つを床に倒した。

大きな音がした。

二階で、人の動く気配があった。

男は、じっと、待った。階段をおりてくる足音がきこえた。

パジャマの上にカーディガンを羽織った男が、おりてきて、スイッチを入れた。

ふいに店のなかが明るくなった。店の主人は、じっと店のなかを見回していたが、その視線が止まった。

「誰だ？」

「小坂井だな。私の顔を覚えていないか？」

と、男は、拳銃を持ったまま、声をかけた。

店の主人の小坂井は、目を細めて、じっと見ていたが、

「あんたは――」

「あんたに殺された理佐の父親だよ」

「辻村さん――」

「そうだよ、辻村だよ。あんたを殺しにきたんだ。娘の敵を討ちにきたんだ」

男は、喋りながら、じっと拳銃の狙いをつけた。

小坂井の顔が、恐怖のためにゆがんだ。

「あれは、事故だったんだ」

「私はそう思ってないんだよ。あんたが、殺したんだ。だから、親として、娘の敵を討つんだ」

「僕を殺せば、あんたも刑務所入りだぞ」

「わかってるさ」

と、男は、いった。

「助けてくれ」

と、小坂井は甲高い声でいい、床にしゃがみこんだ。這いつくばるようにし

て、男に向かって頭をさげた。

「みっともない真似は、やめるんだよ。立てよ。立つんだ!」

と、男は、怒鳴った。

その時、突然、若い女の声が、走った。

「辻村さん、やめなさい!」

4

いつの間にか若い女が裏口から入ってきて、男に向かって拳銃を構えていた。

男は、はっとして目を向けたが、その顔に驚きの色が広がった。

「宗谷1号」の車内で出会った女だったからである。北川リサと嘘をつき、ショルダーバッグのなかを調べていた女である。

「あんたは、誰なんだ?」

と、男は、きいた。

「北条早苗。警視庁捜査一課の刑事です」

「刑事?」

「十津川警部の下で、働いています。あなたが理佐さんの敵を討つ気持ちを捨てないので、警部が心配して、私に尾行させたのです」

「やっぱり、私を、尾行していたのか」

「そうです。こんなことをさせないためです」

「私の娘の名前を名乗ったのは、なぜなんだ？　私を、騙しやがって」

と、男は、なじるようにいった。

「何とかして、あなたの気持ちを、なごませたかったからです。娘さんのことを思い出して下されば、敵討ちみたいなことは諦めて下さると思ったんです」

北条刑事は、喋りながらも、油断なく拳銃を構えていた。

「そいつは、私の娘を殺したんだ！」

と、男は、怒鳴るように、いった。

「でも、殺すつもりで、ああなったんじゃありませんわ」

「父親の私には、同じことだ」

「その拳銃を、渡しなさい」

「ほんのちょっと、目をつむっていてくれればいいんだ。そのあとは、私を捕まえてくれていい。射殺してくれてもいいんだ」

男は、泣くような声で、いった。

だが、北条刑事の表情は、硬いままだった。

「駄目です。もし、あなたが撃とうとすれば、私があなたを撃ちます」

と、彼女はいい、拳銃を構えたまま、一歩、一歩と、近づいてきた。そのまま、小坂井をかばう格好になった。

もう、男には、小坂井は、撃てなくなった。撃つためには、その前に立ちはだかっている女刑事を、まず撃たなければならない。

「そんなつまらない奴を、君は、かばうのか？」

と、男は、北条刑事をなじった。

「どんな人間の命も、奪ってはいけませんわ」

「だが、そいつは、私の娘を殺したんだ」

「わかっていますわ」

「わかっているんなら、どいてくれ！」

と、男は叫んだ。

次第に興奮してきて、男が引き金をひこうとした瞬間、北条刑事が撃った。

銃声と同時に、男は右腕に激痛を受け、拳銃を取り落とした。

北条刑事は、冷静に、怯えている小坂井に、

「すぐ、救急車を呼びなさい」

と、指示を与えた。

小坂井は、弾かれたように、電話のところへ飛んでいった。

北条刑事は、撃たれた右腕を押さえている男の傍に寄っていった。

「ごめんなさい。腕をかすめるように撃とうとしたんですが、当たってしまって。まだ、腕が未熟なんです」

「ちょっと、かすっただけだよ。私は、また、奴を狙うよ。これで、諦めたりはしないぞ」

と、男は、蒼白い顔でいった。

「私が、また、邪魔します。十津川警部から、そう命令されていますから」

と、北条刑事はいい、男が取り落とした拳銃を拾いあげて、自分のショルダーバッグにしまった。

救急車が、やってきて、応急処置をしてから、男を救急病院に運んでいった。

それには北条刑事が同行した。

彼女の撃ったベレッタ22の小さな弾丸は、男の右腕の上膊《じょうはく》部を貫通していた。

骨には当たっていないので、手当ては意外に簡単だった。

傷口を縫い合わせ、包帯を巻く間も、局部麻酔だったので、男はじっと見ていることができた。

病室で、ベッドに寝かされた。

ひとり用の個室で、枕元の椅子に、北条刑事が腰をおろした。

「あんたは、もう、帰ってくれ」

と、男は、彼女に向かっていった。

「夜が明けるまで、ここにいます」

と、北条刑事は、男の目を見返すようにして、いった。

「なぜだ？　私がまた、小坂井を殺すと思っているのかね？　いつかまたやってやると思ってるが、今日は、この腕じゃあ、奴の首を絞めるわけにもいかないよ」

「小坂井さんのためじゃありません。あなたのために、ここにいるんです」

と、北条刑事はいった。

「私のため？」

「あなたが手当てを受けている間、十津川警部に電話で報告して、今後の指示を仰ぎました。警部は、あなたが心配だから傍にいるようにといわれたんです」

「小坂井が、私を襲うとでもいうのかね？」

「彼にはそんな元気はありませんわ」

「じゃあ、誰が私を？」

「二人の男がいます。百八十センチを超す大男と、その連れの男ですわ」

と、北条刑事はいった。

男は、また、びっくりして、

「連中のことをしってるの？」

「あなたが狙われたことは、しっていますわ」

「連中は、何者なんだ？　なぜ、私をしつこく狙うのかね？」

「それがまだ、わかりません。大男のほうは、東京からあなたを尾行してきたと思われるので、調べてもらっています」

「連中は、必死で、私の拳銃を取りあげようとしたんだ」

「拳銃を？」

「そうだよ。連中には百万円の入った封筒もだ。今度会ったら、その百万円で買えばいいじゃないかといってやりたいね」

「寝て下さい」

「え？」

「あなたは、疲れています。それに、私が腕を撃った。だから早くお休みになったほうがいいと思いますよ」

と、北条刑事はいった。

「他人がいると、眠れないんだ。悪いが、もう帰ってくれないか。それとも、私を拳銃不法所持で逮捕するかね？」

「私には、それを決める権限はありませんわ」

と、北条刑事はいった。が、それでも、病室を出ていってくれた。

ひとりだけになると、男は急に、ベッドに寝たまま、涙が出てくるのを感じた。娘の敵を討ってやれないこと、緊張が解けないことなど、様々な感情が急に襲ってきたためかもしれなかった。

その激しい感情が、通りすぎると、今度は、十津川警部に宛てて出した手紙のことを思い出して、恥ずかしさが男を支配した。

〈この手紙が届く頃は、私はすでに死んで——〉

などと、きざなことを書いたのに、十津川警部が手紙を見る時になっても、俺は、娘の敵も討てず、死にもせずにいるのだという恥ずかしさだった。

（なんというだらしのない男なのだろうか）

今度は、口惜《くや》し涙が出てきた。

若い頃は、すばしっこさでは誰にも負けなかった。手も早かった。たいていの喧嘩には、負けなかったものだ。

それが、なんだろう。ヤクザとチンピラみたいな二人連れから逃げ回り、あげくの果てに、亡くなった娘と同じ年頃の女刑事に拳銃を取りあげられ、お説教までされる始末だ。

（年齢には、勝てないということか）

情けなかった。

痛む腕を抱えるようにして、彼はベッドから起きあがり、窓のところまで歩いていった。カーテンを開けると、遠くの空が明るくなってくるのがわかった。

挫折からまた深い疲労が、彼に襲いかかってくる。

ベッドに戻り、仰向けに寝転んだ。

（俺は、どうなるんだろう？）

俺は――と、呟いているうちに、男はいつしか眠ってしまった。

疲れると怖い夢を見るというが、本当だった。夢のなかでは、娘の理佐はまだ生きていて、彼女が若い男にナイフで刺されて、殺されるのだ。

犯人を追いかけようとするのだが、足が鉛のように重くて、走ることができない。犯人が嘲笑するように振り向いて、おいでおいでをする。その顔が、小坂井から、あの大男に変わり、そして、パンチパーマの若い男に、変わっていく。

こちらが、拳銃を構えて撃とうとすると、三人も、いっせいに拳銃を構える。

慌てて、引き金を引くのだが、弾丸が出ない。

嘲笑しながら、三人が拳銃を撃つ。激しい銃声がした――。

銃声、いや、何だかわからないが、激しい爆発音に、男は目を開けた。

病室に、白煙が入りこんでいた。

事態がよくわからないままに、男はベッドから転がるようにしておりた。

患者や看護師の騒ぐ声が、きこえてくる。

「火事だ！」

という叫び声も、きこえる。

男は、左手で病室のドアを開けて、廊下に出ようとした。が、次の瞬間、強い力で、逆に押し返され突き飛ばされた。

床に仰向けに、転がった。

大きな男が、倒れた彼を見下ろすように、突っ立っている。あいつだった。

パンチパーマの男も、続いて入ってきた。二人とも、拳銃を手に持っている。

「手こずらせやがって」

と、大男は、いまいましげに舌打ちし、

「拳銃は、どこなんだ？　さっさと出せよ！」

と、怒鳴った。

パンチパーマの男は、拳銃を向けたまま、トランシーバーに向かって喋っている。二人の仲間が、ほかにもいるのだろう。

「早くしろ！」

と、大男は大声をあげ、拳銃を一発、二発と撃った。倒れている彼の頭の近くに、弾丸が突き刺さった。

「私は、持ってない」

と、彼はいった。

「嘘をつくんじゃない！」

「本当だ。私は、もう、持ってないんだ」

「じゃあ、どこにあるんだ？」

「警視庁の――」

刑事が――と、いいかけたとき、どどっと廊下を鳴らして、四、五人の男女が飛びこんできた。

そのひとりは、北条刑事だった。

「拳銃を捨てなさい！」

と、彼女が叫んだ。

刑事たちだった。

パンチパーマが、拳銃を撃った。

刑事たちが、撃ち返す。パンチパーマの体が、宙にはねあがり、床に叩きつけられた。

大男は、窓に向かって突進し、外に向かって飛び降りた。刑事たちが、窓に駆け寄り、外を見た。

男は、のろのろと起きあがった。傍には、パンチパーマの男が、血まみれで倒れている。ぴくりとも動かないのは、死んでいるのだろうか。

刑事たちは、窓を閉め、北条刑事だけを残して病室を出ていった。

「逃げられたわ」

と、北条刑事は拳銃をしまいながらいった。

「火事は、大丈夫なんですか？」

と、男がきくと、北条刑事は、微笑した。

「火事じゃありません。連中が、発煙筒を焚《た》いて、病院中を混乱させたんです」

「なぜそんなことをしたんですか？」

「辻村さんを殺すためか、拳銃をほしいかでしょうね」

「それなんですが――」

「え？」

「ここに死んでる男は、拳銃を持っていますよ。それに、窓から飛び降りて逃げた大男も、拳銃を持っていました。みんな持ってるのに、なぜ、私の持っていた拳銃をほしがるのか、わからなくなったんですよ」

と、男はいった。

「そういえば、そうですね」

と、北条刑事はいい、死んでいる男と、その傍にほうり出されている拳銃を見つめた。

「ねえ。辻村さん」

と、北条刑事は、男の傍に腰をおろして、

「私が預かった拳銃は、どうやって、手に入れたんですか？」

と、きいた。

「あれ、特別な拳銃なんですか？」

「いいえ。ありふれたS＆Wの三八口径ですわ」

「それなのに、なぜ、あんなにほしがるんだろうか？」

「だから、不思議なんです。いくらで、誰から、買ったんですか？」

北条刑事は、まっすぐに、男を見つめた。

「どうしても拳銃がほしかったので、必死で売ってくれる人間を探しましたよ。そうしているうちに、K組の人間が、二百万出せば何とか手に入れてやるといってきたんです。少し高いと思いましたが、二百万で買いました」

「その男の名前は？」

「絶対に秘密にしてくれと、いわれているんですよ」

と、男は、いった。

「でも、いって下さい。これは、只事《ただごと》じゃありませんから」

と、北条刑事は、いう。

「水野信一《みずのしんいち》という男です。三十五、六歳の男でしてね。K組では中堅クラスの男のような気がしましたよ」

男のいうことを、北条刑事は手帳にメモしていった。

昼すぎになって、男は意外な人の訪問を受けた。

十津川警部が、突然東京からやってきたのである。札幌のホテルから出した手
紙のことできたのかと思ったが、それにしては早すぎた。

男は、十津川と何回か会っている。娘の理佐のことでは警察と裁判所に対し
て、不信感を持っているのだが、そのなかでは唯一、信用できる人間だった。

十津川は、病室で男と二人だけになると、

「あなたにいろいろと、おききしたいことがあるんですよ」

と、丁寧にいった。

「小坂井を殺そうとしたことは、悪いとは思っていませんよ」

と、男は機先を制する格好でいったが、十津川は軽くうなずいただけで、

「今、北条君にきいたんですが、あなたは拳銃を水野信一というK組の人間から買ったそうですね？」

「ええ」

「実はその男の死体が昨日見つかったのです。死後五日たっていました。拷問された形跡がありました」

と、十津川はいった。

「それが私と関係があるんですか？」

男は、十津川の話が何をいいたいのか把握しかねて、首をかしげた。

「水野が、誰に、なぜ、あんな残酷な殺し方をされたのかわからなかったんですが、あなたの拳銃を奪おうとしている大男のことから解けてきました」

「あの大男の身元が割れたんですか？」

「割れました。彼もK組の人間で、組長のボディガードを務めている男です」

「そんな男がなぜ？」

「一つだけ推理が可能でした」

と、十津川はいった。

「教えて下さい」

と、男はいった。

「去年の十月末に、香月実《かづきみのる》という保守党の代議士が自宅で射殺されました。犯人はいまだにあがっていませんが、香月代議士はK組の組長との交友関係が噂されていた人物なのです」

「なぜ、そんなことまで、私に話してくれるんですか？」

「あなたに関係があるからです。香月実を殺したのは、K組の組長ではないかと思われました。その晩、土地取り引きのことで香月実とK組の組長朝岡《あさおか》との間に、いざこざがあったといわれているからです。しかし、肝心の凶器が見つからなくては朝岡を逮捕できません」

「――」

「そんな時、朝岡のボディガード、大男の林《はやし》が必死になってあなたの拳銃を奪おうとしていることをしったのです。しかも、K組と関係のある北海道のN組の人間まで協力している」

「パンチパーマの若い男のことですか？」

「ほかにも何人か協力していることがわかったんです。おかしいとは思いませんか？　特別な拳銃ではない。普通のS＆Wの三八口径リボルバーを、まるで組をあげて奪おうとしている。なぜだろうかという疑問が、当然わいてきますよ」

「確かにそうですね」

「その上、あなたにその拳銃を売った組員が拷問の上、惨殺されている。それを結びつけて考え、一つの結論に達したわけです」

「話して下さい」

「もし朝岡組長が香月代議士を射殺した拳銃を、あなたが持っていたらどうだろうかと考えたんですよ。あなたは何とかして拳銃がほしくてK組の水野に頼んだ。ギャンブルで借金の溜まっていた水野は、組長の拳銃を盗み出してあなたに売った。弾道検査をすれば、その拳銃が香月代議士殺しに使われたものとわかってしまう。K組の朝岡組長としたら、大変な事態になったわけですよ」

と、十津川はいった。

男はうなずいて、

「それで組長はボディガードの林に命令して、私から拳銃を奪おうとしたんですね？」

「そうです。絶対に取り返してこいと、命令されたんだと思いますよ」

と、十津川はいった。

「私にあの拳銃を売った水野が殺されたのも、そのせいですね？」

「ほかに考えられませんか。あなたの名前をきき出すために拷問されたんです。そのあげく、組長のものを盗み出したということと口封じで殺されたんですよ」

「あなたのところの北条刑事も、私のショルダーバッグを調べていましたよ。列車のなかでね。それも私から拳銃を取りあげようということだったんだろうか？」

と、男がきいた。

十津川は首を横に振った。

「あの時は、まだあなたが拳銃を持っているとはしらなかったんです。ただあなたはいつも、娘さんの敵を討つんだ、小坂井を殺してやるんだと宣言していた。その気持ちはわかりますが、私としてはそんなことをさせるわけにはいかない。それで北条刑事に尾行させたのです。急に動き出したからですよ。北条刑事があなたのショルダーバッグを捜したのは、何か凶器を持っていたら、取りあげようと思ったからです。あなたを殺人犯にしたくないんです」

「しかし、私をタクシー強盗として手配したじゃありませんか？　あれも私に小坂井を殺させないためですか？」

と、男は、きいた。

十津川は、苦笑して、病室のドアを開け、北条刑事を呼んだ。

「君が、説明してくれ」

と、十津川は、彼女にいった。

北条刑事は、生真面目な顔で、

「私は何とかして辻村さんに復讐をやめさせようと、思いました。それで、あなたのショルダーバッグまで、覗くようなことをしたんですが、それは申しわけなかったと思います。あの『宗谷1号』の車内で、あなたが大男に狙われたのを、まだしりませんでしたから、あなたが姿を消した時に、私から逃げたとしか考えませんでした」

と、いった。

「名寄で、降りたんですよ」

「そう思いました。しかしあなたが稚内へいくことはしっていましたから、困りはしませんでした。必ず、次の『宗谷3号』でくると思って、幌延で待っていました」

「しっていましたよ。あなたがホームにいたので。あの駅でこちらは降りてしまったんです」

と、男は、いった。

北条刑事は、笑った。

「確かに、肩すかしを食わされました。『宗谷3号』に乗りこんで、列車が出てから、あなたがホームに降りたのに気がついたんです。私の完全な失敗でしたわ」

「あれから私は、タクシーで稚内に向かったんです」

と、男は、いった。

「私は『宗谷3号』で、稚内にいきました。そして稚内警察署にいき、協力を求めました。あなたの顔写真をコピーしてもらい、見つけたら私にしらせてくれるようにですわ」

と、北条刑事は、いった。

「私を見つけたら、逮捕しろといったんですか?」

「いえ、あなたはその時点では何もしていなかったし、拳銃を持っていることもしりませんから、逮捕はできませんわ。私としては、あなたは小坂井を殺しに稚内へくるのだとは思いましたが、彼がどこにいるのか、わからなかったんです。稚内のどこへいくか、それをしりたかったんですわ」

「しかし、やたらにパトカーが走っていましたよ」

と、男は、いった。

「そのとおりですわ。私は今いったようにあなたを見つけ、あなたがどこへいくか、それをしりたかったんです。あなたが小坂井を殺すのを、何とかして防ぎたかったからですわ。そのうちに稚内署の刑事たちから、妙な話をきいたんです。地元の暴力団N組の人間が、必死になってあなたを探しているという噂です。理由はわかりませんでしたが、私はあなたが危険だと思いました。それで、パトカーを出してもらい、もしN組の連中があなたを殺そうとしていたら逮捕するように頼んだんです。タクシー強盗ということとは違います」

と、北条刑事はいった。

「私を守ってくれたというわけですか？」

「結果的に、そうなりましたね」

と、北条刑事は笑ってから、

「そのうちに、どうやらN組の連中は、あなたの拳銃を奪おうとしているらしいことがわかってきました。それにもう一つ、あなたはタクシーに乗り、税務署へいくようにいっていたことです。あなたが稚内の税務署に用があるはずがないから、たぶんその近くに小坂井の家があるに違いないと考えました。それで私は、その近くに張り込んで、あなたが現れるのを待ったんです」

といった。

5

北条刑事は言葉を続けた。

「幸い私が張り込んでいる場所に、あなたが現れました。それで、間一髪のところで、あなたが小坂井を殺すのを止めることができたんですわ」

「もし私が彼を撃ち殺していたら、どういうことになったんですか？　殺人犯として逮捕されるのは覚悟していたし、彼を殺したらすぐ、私も死ぬ気でしたがね」

と、男は、いった。

「それだけではすまなかったと、思いますよ」

と、十津川がいった。

「どういうことですか？　それは――」

「あの拳銃で、去年、香月代議士が射殺されていることを忘れたんですか？　あの拳銃であなたが新しい事件を起こせば、香月代議士殺しの疑いまでかぶってしまいますよ」

と、十津川はいった。

「そんな馬鹿な――」

「でも、そうなったと思いますよ。同一拳銃ということが判明すれば、警察としては当然、同一犯人と思いますからね」

「――」

「K組の朝岡組長は、喜んだかもしれませんね」

十津川は、からかうように、いった。

「これから、どうなるんですか？」

「問題の拳銃は、もう東京に送られました。同一の拳銃とわかれば、直ちにK組の組長を逮捕します」

「あの大男は、どこにいるんですか？　まだ見つからないんですか？」

と、男は、きいた。

「今、稚内市内に、手配をして、道警が追ってくれています」

「また、私を襲ってきますか？」

「いや、それはもうないと思っていますよ。彼は失敗したし、問題の拳銃が警察の手に渡ったことをしったと思うからですよ。おそらく、もう東京の朝岡組長に、連絡したと思いますね」

と、十津川は、いった。

「私は、これから、どうなるんですか？」

と、男が、きいた。

「あなたのやったことは、小坂井に対する殺人未遂、拳銃不法所持の二つだけですね」

「それでも、逮捕されるわけでしょう？」

と、男は、きいた。

十津川は、その質問には直接答えずに、

「私は、取り引きというのは、好きじゃないんですがね。あなたとは、それをしたいと思っているんですよ」

「取り引きですか？」

「朝岡組長を起訴した場合、あなたの証言が必要になってきます。K組の水野から、あの拳銃を買ったという証言です」

「証言すれば、私を、逮捕しないというわけですか？」

「そうです。あなたはまだ誰も殺してないのだし、朝岡組長の逮捕に協力してくれるわけですからね」

と、十津川は、いった。

「証言はしますよ」

と、男は、いった。

「ありがとう」

「しかし断っておきますが、私は小坂井を殺すことを諦めませんよ。誰が何といおうと、あの男が理佐を殺したんです」

男は、きっぱりと、いった。

十津川は、しばらく考えていたが、

「外出できますか？」

と、突然きいた。

「外出？　どこへいくんですか？」

「一緒にきてくれれば、わかりますよ」

と、十津川は、いった。

男は、十津川について病室を出た。外に駐まっている道警のパトカーに乗りこむと、十津川が運転席の若い警官に、

「T病院に、いって下さい」

と、いった。

「何しにいくんですか？」

と、男が、きいた。

「いけば、わかりますよ」

としか、十津川はいわなかった。

T病院に着いても、十津川は黙って入っていくだけで、説明をしてくれない。仕方なく、男は彼のあとについて歩いていった。

十津川が連れていったのは、三階の集中治療室だった。

普通、家族以外は入れないのだが、十津川は医師に頼んで、入れてもらった。

白衣を羽織ってなかに入ると、三つ並んだベッドの一つに、男がひとり、横たわっていた。男の顔には酸素マスクがつけられ、医師と看護師が、見守っている。

その患者が、小坂井とわかって、男はびっくりした。

「どうしたんですか？」

と、男は小声で十津川にきいた。

「あなたが北条刑事に腕を撃たれて病院に運ばれたあとで、大男とパンチパーマの二人が小坂井の店へ押しかけたんですよ。大男は、ここに辻村がきたはずだ。どこへいったか、教えろといったようです。小坂井が黙っていると大男は殴った。小坂井が教えるまで殴り続けたんです」

「――」

「小坂井は最後まで教えなかった。それでこうなっているんです。今のところ助かるかどうか五分五分だと、医者はいっています」

「なぜ彼は私のことをいわなかったんですか？」

と、男はきいた。

「わかりませんが、たぶん、あなたに対して申しわけないことをしたという反省のためでしょう。私はそう思いたいんですよ」

「――」

「小坂井が大男たちに黙っていてくれたおかげで時間が稼げました。もし教えていたら、あなたを病院へ運ぶ途中で、連中に襲われていたと思いますね」

「――」

「そうなっていたら、北条刑事ひとりでは防ぎきれず、あなたは殺されていたんじゃないかと思います」

と十津川はいった。

「私に、あの男に感謝しろということですか？」

「そんなことはいってませんよ。ただ、小坂井だって、悪いだけの男ではないんだと、あなたにわかってもらいたいだけのことです」

と十津川はいった。

男は、じっと、治療を受けている小坂井を見た。

「誰も、家族はきてないんですか？」

「小坂井に家族はいませんよ」

「一緒に喫茶店をやっている友だちがいたはずですよ」

「いたかもしれませんが、きていませんね。そんな仲間なのかもしれません」

と、十津川はいった。

二人は、病院の外に出た。

「私にどうしろというんですか？」

と、男は、眉を寄せて十津川にきいた。

「私は何もいっていませんよ」

「あの男に見舞いの花束でも贈れというんですか？」

と、男は、十津川にきいた。

十津川が、男を見た。

「そうしたら彼は喜ぶでしょうね。稚内で彼は孤独だったようですから」

青に染った死体

1

夏休みが終わって、伊豆《いず》の海から、ようやく子供たちの喧騒が消えた。

伊豆急《いずきゅう》の新しい車両は「リゾート21」と呼ばれて、観光客に人気があった。スマートな六両編成で、前後の二両は、展望室になっている。

運転席の背後に、ひな段状に座席があるせいで、前方の視界もいいし、側面のガラス窓も広い。

中央の四両にしても、海側の大きなパノラマウインドウに沿って、一列に座席が並べられ、山側は、向かい合わせの二人がけの座席と、趣向が、凝らされている。

今年の夏、伊豆を訪ねた人々の人気を集めて、この新しい「リゾート21」は、連日、超満員だった。

とくに、前後の展望室は、二十四名の定員制なので、そこへ座ろうとする子供たちで、大変だった。とくに、夏の盛りには、座れた乗客は、幸運だったといえるだろう。

なぜなら、伊豆急の全車両のうち、今のところ、この「リゾート21」は、六両しかないからである。

十月に入ってすぐの日曜日。

久しぶりに休暇のとれた警視庁捜査一課の亀井刑事は、子供二人を連れて、この「リゾート21」に、乗った。

小学六年生の長男、健一《けんいち》が、鉄道マニアで、今年の夏休みには、どうしても、この車両に乗りたいと、いっていたのである。

それが、事件、事件の連続で、連れていってやることができなかった。

今日は、その埋め合わせだった。

娘のマユミは、今年、健一と同じ小学校に入った。

健一の望みは、伊豆下田《しもだ》へいくことより「リゾート21」という新しい車両に乗ることだから、ほかの車両に乗ってしまったのでは、意味がない。

今のところ「リゾート21」は、六両の一編成だけだから、時間を合わせていかないと、乗ることができないのである。

亀井は、前日の夜、時刻表で、調べてみた。

東京から、伊豆下田へいくには、普通、国鉄の特急「踊り子号」に乗る。東海《とうかい》道《どう》線で熱海《あたみ》、伊東線《いとう》で、伊東と走り、その先は、私鉄の伊豆急行線に乗り入れる。

この間は、国鉄と、伊豆急が、相互乗り入れをしているので「リゾート21」も、伊東からではなく、熱海駅から、出ている。

だが、時刻表を見たのでは「リゾート21」の発着時刻は、わからなかった。

特急「踊り子号」の場合は、発着時刻の横に「踊り子×号」と記入してあるので、よくわかるのだが、伊豆急の場合は、どこを見ても「リゾート21」の文字は、なかった。

熱海発、伊豆急下田行の列車は、何本もあるが、そのどれが、健一の乗りたがっている「リゾート21」か、わからなかった。

(なぜ、ちゃんと、書いておいてくれないんだ?)

と、亀井は、時刻表に文句をいったが、考えてみると、時刻表に「リゾート21」の文字がないのが、当然なのである。

息子の健一が、しきりに乗りたがるし、彼の持っている雑誌に出ている写真を見ると、斬新な設計の車両で、色彩もサイケデリックなので、特別な列車と思いこんでいたが、これは、特急でも、急行でもなく、普通列車だからである。古い車両と同じように運行されているのだから「リゾート21」だけを、時刻表の上で、特別扱いするはずはないのだ。

亀井は、そう了解したが、健一が「リゾート21」に乗りたがっていることに、変わりはない。

亀井は、伊豆急の電話番号を調べて、きいてみた。

同じことをきいてくる人がいるとみえて、相手は、丁寧に教えてくれた。

午前九時〇七分熱海発の列車が、問題の「リゾート21」だと教えてくれた。これに乗ると、一〇時三四分に、終着の伊豆急下田に着く。

「帰りも、この『リゾート21』に乗りたかったら、どうすれば、いいんですか?」

と、亀井は、きいた。健一が、そういうかもしれないと、思ったからだった。

「『リゾート21』は、熱海と、伊豆急下田間を、二往復半します。最後に、伊豆急下田を出て、熱海に向かうのは、一四時三八分発で、熱海着が、一六時二一分です。このあとも『リゾート21』は、もう一度、伊豆急下田へいきますが、最後に引き返すとき、熱海まで戻らず、伊豆高原《こうげん》までになってしまいます」

相手は、細かく教えてくれた。

伊豆高原まで戻ればいいなら、一八時四一分に、下田を出る「リゾート21」に乗ればいいのである。

亀井は、手帳に、時刻を書きこんでいった。

向こうで、ゆっくりするためには、やはり、九時〇七分熱海発に乗らなければ、ならないだろう。

となると、東京を午前七時五一分に出る東海道新幹線の「こだま４０９号」に、乗る必要がある。

これに乗ると、熱海に、八時四十五分までに着ける。これなら、九時〇七分発の「リゾート21」に乗れる。

七時五一分の「こだま４０９号」に乗るとなると、家を出るのは、遅くとも、七時にということになってくる。

「母さん。明日は、六時には、起こしてくれよ」

と、亀井は、いった。

2

健一と、マユミが、一つずつ、てるてる坊主を作ったせいか、翌朝は、爽やかな秋空になった。

亀井にとっても、久しぶりの旅行だった。捜査のために動き回ることはあっても、それは、旅行の感じはない。

東京駅で、無事に、七時五一分発の「こだま409号」に乗ることができた。日曜日なので「ひかり」のほうは、混んでいたが「こだま」は、がらがらだった。

いつもの健一なら、東京駅や「こだま」の車内を、ぱちぱちカメラにおさめるのだが、今日は「リゾート21」という素晴らしい被写体が待っているせいか、一度も、カメラを、いじろうとしない。

熱海へ着くと、健一は、待ち切れないように、伊東線のホームに向かって、駆け出していった。

お目当ての「リゾート21」は、すでに、着いていた。

(なるほどねえ)

と、亀井は、ひと目みて、子供たちが、乗りたがる理由が、わかったような気がした。

車体の設計も、色彩も、大胆である。

東北から初めて、上京した時、蒸気機関車に乗った亀井から見ると、どうも、落ち着かない感じがしないでもない。

とにかく、窓が、やたらに大きい。これでは、なかに乗っていて、落ち着かないのではないかと、亀井は、心配するのだが、眺めは、素晴らしいだろう。

とくに、先頭車両と、最後尾の車両のデザインが、奇抜である。

前部は、ガラスの部分だけみたいに見えるほど、フロントガラスが大きい。縦の長さが、二メートル近いガラスになっている。

もっと大胆なのは、側面である。普通、車両の窓は、同じ大きさのものが、横に並んでいるものだが、この先頭車両は、窓に傾斜がつけられていた。

ほとんど一枚ガラスのように見える大きな横に長いガラス窓だが、前方は、一・五メートルの幅なのに、後方にいくにつれて、それが狭くなり、一番後ろの席のところは、五、六十センチになっている。

これでは、後ろの座席の乗客は、視界が狭くなってしまうだろうと思うのだが、乗りこんでみて、窓に傾斜がついている理由が、わかった。

座席は、前方を向いて、四列並んでいるが、ひな段のように、傾斜がつけられているから、前方の視界がいい。運転士が、一番低い位置にいて、客席は、一列ごとに、高くしてある。これなら、前列の人の頭が邪魔になって、前方の視界が悪いということは、なくなるだろうし、側面の窓が、斜めになっている理由も、うなずくことができた。

健一は、亀井とマユミに、先頭車両の座席を確保させておいて、自分は、ホームで「リゾート21」の写真を撮るのに、夢中である。

出発時刻が近づいても、まだ、カメラを覗いている。妹のマユミが心配して、呼びにいき、やっと、健一は、乗ってきた。

「友だちに、たくさん、写真を撮ってきてくれって、頼まれてるんだ」

と、健一は、興奮した顔で、亀井に、いった。

走り出してからも、健一は、車内の写真を、撮りまくっていた。

運転席との間に、何もないので、運転士の確認の声が、よくきこえてくる。

当然、客席の話し声も、運転士にきこえるだろう。

(大変だな)

と、亀井は、気の毒になった。

もちろん、そのせいで、客席からの視界は、素晴らしいのだが。

伊豆急下田まで、列車は、海沿いに走る。伊豆半島は、山が、海岸線近くまで迫っているので、当然、車内からの景色も、海側と、山側では、違ってくる。亀井たちは、幸い、海側の座席に腰をおろしたので、側面の景色も、楽しめることになった。

マユミは、海が好きだから、トンネルを抜けて、目の前に、真っ青な海が現れると、歓声をあげて、喜んでいる。

伊東をすぎて、伊豆急行線に入ると、海の青さが、一層、濃くなった。真夏の頃は、泳いでいる人たちや、ヨットなどの姿があるが、今は、海の青さだけが、目立っている。

静かな海である。というより、本来の海の静けさが、戻ってきたといったほうが、いいのだろうか。

普通列車だから、駅を一つ一つ、拾っていく。

最初のうちは、亀井も、駅に着く度に、伊豆高原、伊豆大川《おおかわ》と、駅名を確認していたのだが、そのうちに、面倒臭くなって、やめてしまった。

いくつかのトンネルを抜けた。

列車が、右にカーブを切る。前方も、横も、海になった。

列車は、海岸すれすれに、走っている。

「あっ。人が落ちた！」

亀井の近くで、誰かが、大声で叫んだ。

亀井は、海に向かって、目を凝らした。

沖合いに、ぽつんと、白いモーターボートが浮かんでいる。

その船首近くで、水しぶきが立っているのが見えた。

（溺《おぼ》れているのか？）

と、さらに、亀井が、目を凝らしている間も、列車は走り続け、白いモーターボートも、水しぶきも、亀井の視界から、消えてしまった。

「あのままじゃ、死んじゃうぞ」

亀井の後ろで、男の声がした。

亀井は、振り向いた。三十五、六歳に見える男だった。

さっき、大声をあげた乗客らしい。

「人が、落ちるところを、見たんですか？」

と、亀井は、その男に、きいた。

男は、一瞬、びっくりしたような顔で、亀井を見てから、

「あなただって、見たでしょう？」

「いや。水しぶきは、見えましたがね」

「女の人が、モーターボートのデッキに立っていて、突然、海に落ちたんですよ。泳げない人だったら、あのまま、溺れてしまうかもしれませんよ」

「まあ、モーターボートに、ほかにも誰か乗っているとは、思いますがね」

「でも、デッキにいたのは、女ひとりだったんですよ。何とかしないと——」

「しかし、何ができるんですか？」

「どうにかして、助けないと——」

「ほかにも、目撃した人が、いるかもしれませんよ」

亀井は、座席から立ちあがると、背後《うしろ》のほうへ、歩いていった。男も、一緒に、ついてくる。

二両目でも、乗客が、騒いでいた。

二両目から五両目までは、海側の窓に向かって、座席が作られている。横向きの座席である。

そこに座っていた乗客の何人かが、落ちる女を見ていて、騒いでいるのだった。

列車には、制服姿の若いマスコットガールが乗っている。乗客が、彼女に、何とかしろと、いっていた。

「じゃあ、次の伊豆稲取《いなとり》で、連絡してみます」

と、彼女は、緊張した顔で、答えた。

どうやら、彼女自身は、乗客の世話をしていて、事故は、見ていなかったらしい。

二分ほどして、列車は、伊豆稲取駅に着いた。

マスコットガールは、ホームに飛び降りて、駅員に、連絡している。

「これで、いいんじゃありませんか」

と、亀井は、さっきの男に、いった。

「でも、もう、間に合わないかもしれませんよ」

男は、まだ、蒼い顔をしている。

「しかし、これ以上のことは、できませんよ」

と、亀井は、いった。

3

二分遅れて、亀井たちの乗った「リゾート21」は、終点の伊豆急下田駅に着いた。

健一とマユミが、喉が渇いたというので、駅前の喫茶店に入り、チョコレートパフェなどを注文してやってから、亀井は、やはり、事故のことが気になった。

二人に食べていなさいといっておいて、亀井は、店を出ると、下田駅前の派出所まで、歩いていった。

亀井は、名前と身分を告げてから、事故の照会は、まだきていないかと、きいてみた。

派出所にいた中年の警官は、警視庁の刑事ときいて、驚いていたが、

「まだきいていませんが、稲取に連絡して、きいてみましょう」

と、いってくれた。

彼が、電話で問い合わせている間、亀井は、壁にかかっている伊豆半島の地図を、見ていた。

白いモーターボートがいたのは、稲取の近くの海である。この下田からも近い。

派出所の警官は、電話を置くと、

「まだ、はっきりしたことは、わからないようですが、漁船で、助けに向かったことまでは、わかりました。そのあと、どうなったかは、わかりません」

「どうも、ありがとう」

「結果がわかるまで、ここで、お待ちになりますか？　わかり次第、しらせてくることになっていますが」

「いや、子供が待っているので、失礼する。漁船が、助けにいってくれたのなら、それでいい」

亀井は、礼をいって、派出所を出た。

喫茶店に戻ると、二人とも、もう食べ終わって、退屈そうにしていた。

亀井は、まだ飲んでいなかったコーヒーを、口に運びながら、

「お前たちは、海で、モーターボートから、人が落ちるのを見たかい？」

と、子供たちに、きいてみた。

「見たよ」

健一が、いった。

妹のマユミのほうは、首を横に振っている。

「女の人だったか？」

と、亀井は、健一に、きいた。

「うん。女の人だった」

「どんなふうに、落ちたんだ？」

「どんなふうにって、頭から落ちたみたいだったけどな」

あまり、自信はなさそうだった。

「モーターボートには、ほかに、人の姿は、なかったかね？」

「いなかった」

これは、はっきりと、いった。

（自殺するつもりで、飛びこんだのだろうか？　それとも、誤って、落ちたのだろうか？）

考えてみたが、考えても、答えの出るものでもなかった。

亀井は、店を出ると、子供二人を連れて、下田の街の見物に回った。

途中で、昼食をとった。

その間も、何となく、事故のことが気になって、落ち着けなかった。

四時頃まで、見物して回ってから、下田駅に向かった。

亀井は、子供たちを、待たせておいて、駅前の派出所を、覗いて見た。

さっきの警官が、亀井の顔を見ると、

「結果が、わかりました」

「助かったの？」

「それが、残念ながら、亡《な》くなったそうです」

「死んだのか」

「詳しいことは、わからないのですが、漁船が、女性を引き揚げて、すぐ、病院へ運んだそうですが、駄目だったそうです」

「そうか。駄目だったのか」

「亀井さんのお知り合いの方ですか？」

「いや。列車の窓から、目撃しただけなんだ。私のほかにも、何人か、目撃している。駄目だったのか」

亀井は、小さく、吐息をついた。

たまたま、通りかかった列車から、海に落ちる女性を目撃して、連絡し、それで、危うく助かったとなれば、美談になるのだが、そうは、甘くないということなのかもしれない。

あのモーターボートは、海岸から、かなり離れていたから、急いで、漁船が救助に向かっても、間に合わなかったのだろう。

それにしても、モーターボートには、ほかに、誰も乗っていなかったのだろうか。

乗っていたのなら、なぜ、すぐ、助けなかったのか。

「モーターボートには、誰か乗っていなかったのかな？」

と、亀井は、警官に、きいてみた。

「それは、まだ、きいていませんが――」

「それなら、いいんだ」

亀井は、うなずいてから、子供たちを連れて、駅の構内に、入っていった。

帰りは、適当な「リゾート21」がないので、健一を納得させて「踊り子20号」に、乗ることにした。

もう一度、あの奇抜な列車に乗ってみたい気もしたが、国鉄のL特急「踊り子号」なら、熱海で、乗り換えずにすむ。

「踊り子20号」は、一六時二〇分、下田発である。

走り出すと、すぐ、健一とマユミは、座席で、眠ってしまった。やはり、疲れたのだろう。

4

帰宅したのは、九時すぎである。

久しぶりの子供たちとの旅行で、亀井は、疲れ切っていたが、やはり、事故のことが気になって、十一時のテレビのニュースまで、起きていた。

ニュースでは、二番目に、事故のことが、画面に映った。

〈東伊豆沖で、外洋ヨット《クルーザー》から落ちて死亡〉

というテロップが出た。

モーターボートに見えたのだが、実際には、外洋を走れる大きなクルーザーだったらしい。

画面には、死んだ女性の顔写真が出た。

野見《のみ》ゆう子さん（二五歳）と、ある。なかなかの美人だった。

亀井は、妻の公子《きみこ》の淹てくれたお茶を口に運びながら、

「私が見たのは、これさ」

「まだ二十五歳だなんて、若いのに、可哀相に」

と、公子が、いう。

白いクルーザーの写真が出て、それに、アナウンサーの説明がかぶさるのを、亀井は、じっと、きいていた。

〈今日の午前十時頃、会社経営の浜田実《はまだみのる》さんが、自分のクルーザーで、友人の野見ゆう子さんと、東伊豆沖で、釣りなどを楽しんでいたところ、野見ゆう子さんが、誤って海に落ち、溺死しました。

野見さんが落ちた時、浜田さんは、キャビン内で、コーヒーを淹れていて、気がつかなかったと、いっています。ちょうど、その時刻に、伊豆急の電車が走っていて、乗客の何人かが、野見ゆう子さんの落ちるのを目撃し、伊豆稲取駅で、警察に通報しました。その通報にもとづいて、近くの漁船が急行、浜田さ

んも、海に飛びこんで、探しましたが、発見されたときにはすでに、溺死していました〉

アナウンサーの説明が終わると、すぐ、次のニュースに変わった。

死んだ野見ゆう子という若い女性にとっては、不運だったといえるが、それ以外は、ありふれた事故のように、思える。

亀井は、実際には、彼女が落ちるところは見ていない。近くにいた乗客が、大声を出したので、海に目をやったら、クルーザーの近くで、白い水しぶきがあがっていたのだ。

しかし、ほかにも、目撃者がいて、突き落とされたとはいっていないところをみれば、誤って、落ちたのだろう。

翌朝、亀井は、新聞がくると、いつもは、朝食をとりながら読んで、妻の公子に、叱られたりするのだが、今朝は、寝巻でとりにいき、布団の上で、広げてみた。

やはり、事故のことが、頭から離れなかったからである。

昨夜のテレビのニュースより、詳しく書かれている。

テレビでは、ただ友人といっていたが、新聞では、恋人となっていた。浜田実の年齢《とし》も、三十九歳と、出ていたし、宝石商とある。死んだ野見ゆう子のほうは、モデルだった。

浜田実さんの談話というのも、載っていた。

〈天気がよく、暖かかったので、私が、キャビンで、コーヒーを淹れている間、彼女は、デッキで、日光浴をしていた。彼女が、海に落ちたのは、ぜんぜんしらなかった。コーヒーを淹れて、呼びにあがったら、彼女の姿がなかった。海に飛びこんで探したのだが、やっと見つけたときは、もう、死んでいた。彼女が好きだったので、悲しい〉

談話にも、別に、不審な点はない。ただ一つあるとすれば、キャビンのなかで、コーヒーを淹れていて、デッキから、彼女が落ちたのが、わからないだろうかという疑問だけである。

亀井が、警視庁に出勤すると、上司の十津川警部が、

「今、静岡《しずおか》県警から、カメさんに電話があったよ。事件の目撃者として、証言し

てもらいたいそうだ」

と、いった。

「クルーザーから落ちた女性の事件ですね」

「ああ、そういっていたよ。本当に、見たのかい?」

「見たといえば、見たんですが」

と、いってから、

「静岡県警が、調べているというと、他殺の疑いがあるんですか?」

「と、思うよ。とにかく、ご苦労だが、いってきてくれ。下田に、捜査本部が、置かれたそうだ」

「わかりました」

亀井は、また、下田へいく破目になった。

特急「踊り子5号」で、下田に着くと、県警の山下という刑事が、迎えにきてくれていた。

三十二歳の若い刑事である。

「どうして、私のことが、わかったんですか?」

並んで歩きながら、亀井がきくと、山下は、駅前の派出所を指さして、

「昨日、亀井さんは、あそこで、事件のことを、きかれたでしょう。それで、警視庁の刑事が、目撃者のなかにいると、わかったんですよ」

「ああ、なるほどね。しかし、なぜ、調べることになったんですか？　単なる事故のような気もするんだが」

「うちでも、最初は、事故と見ていたんです。それが、男のほうを調べてみると、これが、どうも、うさん臭い経歴の持ち主なんですよ」

「浜田実という若い宝石商でしたね」

「東京に住み、銀座《ぎんざ》に、店を持っています」

「それに、クルーザーも、持っているわけでしょう。いわゆる青年実業家というやつですね。どんなふうに、うさん臭いんですか？」

「詐欺と、傷害の前科があります。結婚は二回して、いずれも、すぐわかれています。死んだ野見ゆう子のことは、恋人だったといっていますが、同時につき合っていた女性が、少なくとも、三人はいるようなんです。女にだらしのない男で、傷害事件というのも、女を殴って、三カ月の重傷を負わせたという事件なんです」

若い山下は、腹立たしげに、いった。

そんなでたらめな男が、クルーザーを乗り回し、女に囲まれていることも、癪なのだろう。

下田署に着くと、県警の矢部という警部から、現在の状況をきかされた。

「二時間ほど前に、死んだ野見ゆう子の母親がきてね、浜田との関係を話してくれた。浜田のやっている宝石店で、今年の四月に、宝石の展示会をやった。その時、宣伝係として、頼まれて、いったんだね。それで、知り合った。美人だし、スタイルもいいんで、浜田が、アタックしたらしい。関係ができたあと、彼女は、母親に、浜田が、結婚を約束してくれていると、話していた」

「その話は、本当なんですか？」

「怪しいものだね。何しろ、浜田は、君と結婚したいといって、女を口説くそうだからね」

「無責任な男ですね」

「そうだよ」

「彼女は、本気になって、結婚を迫ったので、浜田が、面倒になって、殺したという推理ですか？」

「その可能性もあると思って、調べることにしたんだ」

「私のほかにも、目撃者は、いたはずですが」

「ああ、君と同じ列車に乗っていた乗客のなかで、五人ほど、証言してくれたよ」

「どういう証言でした?」

「クルーザーのデッキから、女が落ちるのを見たといっている。しかし、詳しいことになると、とたんに、曖昧になってしまうんだよ。まあ、走っている列車のなかから目撃したんだから、無理もないがね。女の服装についてだって、五人とも、微妙に違っている。本当は、ブルーのワンピースの水着の上に、白いガウンを羽織っていたんだが、白いセーターにスラックスといったり、白い水着だったとか、まちまちでね」

と、矢部は、笑った。

「しかし、突き落とされたという証言は、なかったんじゃありませんか?」

「まあね。ただ、落ちたといっている。しかし、頭から落ちたというのもあれば、足から落ちたという人もいるんだ」

「そうですか」

「君は、どう見たね?」

矢部にきかれて、亀井は、頭に手をやった。

「実は、落ちる瞬間は、見ていないんです。近くの乗客が、大声をあげたので、慌てて、目を凝らしたら、クルーザーの近くで、水しぶきがあがっていたんです。息子のほうが、ちゃんと見ていました。小学校の六年生ですが、女が、頭から落ちたと、いっていました」

「頭からか」

「そういっていました。ところで、男は、キャビンで、コーヒーを淹れていたので、女が落ちたのに、気がつかなかったというんでしたね？」

「そうだ」

「女が落ちれば、かなり大きな水音がしたんじゃないですかね」

「それは、私も、男にきいてみたよ」

「返事は、どうでした？」

「浜田は、こういっていたよ。普通なら、きこえたかもしれないが、ヘッドホンをつけて、音楽をききながら、コーヒーを淹れていたので、まったく、きこえなかったとね。確かに、キャビンには、ウォークマンもあったし、テープも、何本か置いてあった」

「理屈は合うわけですね」

「そうなんだ」

「死んだ野見ゆう子は、泳げなかったんですか？」

「母親も、浜田も、ほとんど泳げなかったといっていた」

「それが、水着を着て、クルーザーに乗っていたわけですか？」

亀井がきくと、矢部は、笑って、

「まるで、私が、尋問されてるみたいだな」

「申しわけありません」

「まあいいさ。水着はファッションだし、今は、ボートの選手のなかに、まったく泳げない者もいるんだから、別に、不思議はないんだ」

「それは、そうですが――」

「問題は、突き落とされたのか、誤って落ちたのかということだよ」

「五人の目撃者は、ただ、落ちたと、いっているんですね」

「そうだ。突き落とされるのを見たという者は、ひとりもいない」

「それでは、事故ですよ。残念ですが」

「警部。電話です」

と、刑事のひとりが、矢部を呼んだ。

「ちょっと、失礼する」

と、断って、矢部は、向こうの電話に出ていたが、戻ってくると、嬉しそうに、にやっと笑って、

「やっぱり、これは、殺人だよ。浜田が犯人だ」

「何か、わかったんですか？」

「死んだ野見ゆう子に、保険金がかけてあったんだ。受取人は、浜田だよ」

「しかし、結婚してなかったんでしょう？」

「ああ、そうだ。ただ、彼女は、浜田のやっている宝石店の専属モデルということになっていた」

「つまり、雇用関係があれば、雇い主は、使用人に、保険をかけられるわけですね」

「それも、使用人の同意なしにさ」

「いくらの保険に入っていたんですか？」

「一億円だ」

「いい金額ですね」

「一億円なら、殺人の動機になり得るだろう」

「と、思いますが、大事なのは、証人の証言だと思います。ひとりも、彼女が、突き落とされるのを見ていないのは、問題ですよ」

「わかってるよ」

矢部は、ちょっと不機嫌な顔になった。

「問題のクルーザーは、今、どこにありますか?」

と、亀井が、きいた。

「下田港に、繋留されているはずだ。あのクルーザーに何の用だね?」

「昨日は、遠くからしか見なかったので、一度、近くで、見てみたいんです」

「まあいいが、今度の事件を、捜査しているのは、あくまでも、静岡県警だということを、心に留めておいてもらいたいね」

「わかっています」

と、亀井は、神妙に、いった。

山下刑事が、車で、クルーザーの繋留されている場所に、案内してくれた。

下田港の端に、ヨットハーバーがあり、そこに、問題の白いクルーザーも、繋留されていた。

「オーナーの浜田は、どこにいるんですか？」

と、亀井が、きいた。

「船のなかに、泊まっているはずです。彼女の遺体を引き取って、葬式を出してやりたいといってるんですが、こちらでは、司法解剖がすむまで渡せないと、いいましてね。それで、ここで、浜田は、待っているんですよ」

「じゃあ、ついでに、彼に挨拶するかな」

亀井は、冗談口調で、いった。

山下が「浜田さん！　いますか？」と、大声で、呼んだ。

キャビンから、背の高い男が、顔を出した。

陽焼けした顔である。眉が太く、男らしい顔というのだろう。

「ちょっと、船を見せてくれませんか」

と、亀井が、声をかけた。

「どうぞ」

浜田は、面倒くさそうに、いった。

亀井と、山下は、クルーザーに乗りこんだ。

艇長は、十二、三メートルと、いったところだろうか。列車の窓から見た時は、小さく見えたのだが、目の前にすると、かなり大きなクルーザーである。

デッキも広い。

簡単な手すりがついているのだが、高さが低いから、しっかり摑まっていないと、海に落ちることもあるだろう。

亀井は、キャビンのなかも、見せてもらった。

小さな台所もついているし、トイレもある。ベッドは、四人分あった。折たたみ式のベッドも備えてあって、最大、六人まで、寝泊まりできると、浜田は、自慢げに、いった。

「何か飲みますか？」

と、浜田が、亀井たちに、きいた。

「コーヒーがほしいですね」

亀井がいうと、浜田は、にやっと笑った。たぶん、亀井が、そういうだろうと、思っていたのだろう。

浜田は、本格的に、アルコールを使って、コーヒーを淹れた。

キャビン内に、コーヒーの香りが、漂《ただよ》ってきた。

「いつも、そんなふうにして、コーヒーを淹れるんですか？」

と、亀井が、きいた。

「インスタントコーヒーは、嫌いなんですよ」

「しかし、海が荒れている時は、コーヒーを淹れるのは、難しいんじゃありませんか？」

亀井がきくと、浜田は、つまらないことをきくなという顔で、

「コーヒーどころか、何もできない時もありますよ。海は、怖いんです」

「昨日は、大丈夫だったんですね？」

「凪《な》ぎでしたからね」

「浜田さんは、泳げるんですか？」

「まあまあ、泳げますよ」

「保険金のことですが、浜田さんは、いつも従業員に、一億円もの保険をかけるんですか？」

「彼女は、大事なうちのモデルですからね」

と、浜田は、いってから、すぐ、続けて、

「一億円というと、ずいぶん高額だと思われるかもしれないが、私の店で扱っている宝石の金額に比べれば、たいしたことはありませんよ」

と、いった。そんなことで、疑われては堪《たま》らないという顔だった。

「いつも、このクルーザーに、乗っていらっしゃるんですか？」

亀井が、きくと、浜田は、笑って、

「そんなことをしていたら、肝心の商売ができなくなりますよ。時間の余裕ができたり、気持ちをリフレッシュする必要がある時に、ふらっと、海に出るんです」

「優雅なものですね」

「日本人は、あまりにも、働きすぎるんです。外国人にいわせると、日本人は、働くために働いてるということでね。やはり、楽しむために働くようにならないと、駄目だと、思いますね」

「いつもは、このクルーザーは、どこに置いてあるんですか？」

「三浦《みうら》半島の油壺《あぶらつぼ》に置いてあります」

「伊豆には、昨日、こられたんですか？」

「いや、一昨日の土曜日にきて、船のなかで一泊したんです」

「亡くなった野見ゆう子《こ》さんは、恋人だったとききましたが」

「ええ。好きでしたよ。性格のいい娘でしたからね」

「結婚も、考えておられたんですか？」

「そこまでいったかもしれないし、いかなかったかもしれない。わかりませんよ」

「商売は、うまくいっていましたか？」

「ああ、宝石の仕事のことなら、うまくいっていましたよ。もし、うまくいってなかったら、私が、保険金の一億円ほしさに、彼女を殺したとでも、いうわけですか？」

「そんなことは、いいませんよ」

「しかし、私を疑っているからこそ、こうやって、警察が、調べたり、彼女の遺体を、解剖したりするわけでしょう？　違いますか？」

「こういう事件の時は、いつも、一応、調べるんです」

山下刑事が、硬い声で、いった。

浜田は、大げさに、肩をすくめてから、

「考えて下さいよ。もし、私が、彼女を殺す気なら、もっと、沖へいって、殺しますよ。誰も見ていない沖合いでね。昨日、この船がいた地点は、海岸から、せいぜい二百メートルぐらいの場所です。それに、電車が、時々、走ってくる。乗客は、たいてい、海を見ているから、そんなところで、彼女を突き落としたら、何人もの目撃者が、出てしまいます。現に、ちょうど、昨日は、列車が通っていて、彼女の落ちるところを見ていたわけですよ。まあ、おかげで、私が、突き落としたわけじゃないことが、証明されたので、助かりましたがね」

「まだ、完全に証明されたとは、いえませんよ」

山下刑事が、口を挟んだ。

「まだ？　どうしてです？」

「確かに、突き落とされるのを見たという人はいません。しかし、証言は、全体に、曖昧でしてね。何しろ、走る列車の窓から見たわけですから、仕方のないことですが、野見ゆう子さんの服装一つとってみても、証言がすべて、違っているのですよ」

「しかし、刑事さん。その五人とも、私が、突き落としたとは、いっていないんでしょう？」

「そうです。ただ、海に落ちたと、いっているんです」

「じゃあ、私は、無関係じゃないですか。第一、愛してる女を、殺す人間なんかいませんよ。妙な勘ぐりは、やめてほしいですね。保険金をかけていたから怪しいというのなら、私は、受け取りを断りますよ。一億円ぐらい、私にとって、大した金額じゃないんだから。社会事業にでも、寄附してもいい」

「それは、あなたのご自由ですがね」

「どうも、あんたの、その皮肉ない い方は、気にくわんな。私の店のお客には、警察の上層部の奥さんもいるんでね、この不当な扱いを、話してもいいんですよ。明日になったら、彼女の遺体を引き取って、東京へ帰ります。それに備えて、今日は、ゆっくり休みたいので、帰ってくれませんか」

浜田は、むっとした表情で、亀井と、山下に、いった。

仕方なしに、二人の刑事は、クルーザーから降りた。相手は、殺人の容疑者ではあっても、まだ、犯人ではない。

亀井と山下は、桟橋を、戻り始めた。

「亀井さんは、どう思われますか？　あの男は、シロだと、思いますか？」

並んで歩きながら、山下が、きいた。

「そうですね。彼が、犯人だとしたら、なかなか、考えて、殺していますね」

「それは、どういうことですか？」

「彼は、もし、殺すんなら、誰にも見られない沖合いで、殺すといいましたね」

「ええ」

「しかし、それでは、彼が殺すところは、誰にも見られないかもしれないが、逆に、女が、勝手に落ちたんだといっても、それも、目撃者はいないわけです。殺した証拠は見つからないが、無実の証明もできないわけですよ。疑惑だけが、残ってしまう。頭のいい男なら、そんな真似はしないはずです。だから、本当に殺す気なら、沖合いでというのは、嘘です。浜田が、犯人だとしても、わざと、彼は、岸から見えるところで、野見ゆう子を、殺したんですよ」

「じゃあ、偶然、列車が通ったんじゃなくて、列車に合わせて、彼女を、突き落としたということですか?」

「私は、そう思いますね『リゾート21』という新しい列車には、私は、初めて乗ったんですが、窓ガラスが大きいし、椅子が、なかの四両は、海のほうを向いているし、先頭車両と、最後尾も、海が、よく見えるんです。だから、浜田は、目撃者が、たくさん出てくるのを期待して、あの列車が通過する時間を狙ったんだと思いますね」

「なるほど」

と、山下は、うなずいてから、

「しかし、五人の目撃者とも、女は、ひとりで海に落ちたといっていて、男が突き落としたという証言は、一つもないんですよ」

「でしょうね。浜田は、それを狙い『リゾート21』の通過に合わせたんですよ。私の息子はね、女の人が、頭から落ちたといっています」

「五人の目撃者のなかにも、頭から落ちたという者が、いますよ」

「私は、それに引っかかっているんです。普通、海に落ちたという時には、足からか、あるいは横になって落ちるものです。頭からというのは、おかしいんです」

「しかし、突き落とされてもいないんですがね」

「今、あのクルーザーのキャビンに入って気がついたんですが、キャビンの窓は、ちょうど、デッキの高さにありましたよ。それにキャビンの窓は、密閉式だと思っていたのに、あのクルーザーでは、窓が開くんです。もし、そこから、ロープか、あるいは、L字形の棒を伸ばして、デッキに立っている女の足に引っかけたら、どうですかね。足をすくわれた女は、頭から、海に落ちるんじゃありませんか？」

「なるほどね」

「クルーザーが、いたのは、海岸から、二百メートルも、沖です。それに、海岸から見て、キャビンの反対側に、彼女が立っていたとすると、足元のほうは隠れて、キャビンの窓からのロープとか、棒は、見えない。列車のなかからでは、なおさらです。したがって、女が、誤って、海に落ちたとしか思わない。浜田は、それを狙ったんじゃないかと、思うのですよ」

「自分に有利な目撃者を作るために、あの列車が通過するのに合わせて、彼女を、海に落としたことになりますね」

「ところが、目撃者が、浜田の思うとおりに、証言してくれない。それで、彼は、いらだっているはずですよ」

「何しろ、走りすぎる列車のなかからですからね。しかし、このままでは、睨み合いになってしまいますね」

山下は、肩をすくめた。

浜田の狙いは、半分は成功し、半分、失敗したのだ。

確かに、浜田の考えたとおり、五人の目撃者は、ひとりも、女が突き落とされたとは、いわなかった。これは、浜田の狙いどおりだったろう。

だが、ほかの点で、目撃者は、曖昧である。女が、どんな格好で、海に落ちたかも、証人によって、まちまちだし、女の服装も、いろいろいっている。つまり、目撃者の証言が、曖昧だというのは、浜田の狙いが、外れたことになる。

まずいことに、浜田の複雑な女関係が、だんだん、具体的に、わかってきた。

それに、銀座の宝石店の経営も、本人の証言とは違って、あまりうまくいってなかったことが、はっきりした。

したがって、一億円の保険金も、そんなものは要らないどころではなかったのだ。喉から手が出るほどほしい一億円のはずである。

翌日、浜田は、野見ゆう子の遺体を受け取った母親と一緒に、静岡から、用意した車に乗せ、東京に向かった。

「東京に帰ってからも、しばらくは、居場所を、はっきりさせておいて下さい」

と、静岡県警の矢部警部は、浜田に、念を押した。

「まだ、私を疑っているんですか？」

浜田は、矢部を睨んだ。が、矢部は、相手を睨み返して、

「もしも、殺人であれば、今のところ、あなた以外に、容疑者はいないと、思っていますよ」

と、いった。

5

浜田が、東京に戻ったのをしおに、亀井も東京に帰り、十津川に、報告した。

十津川は「ご苦労さん」と、ねぎらってから、

「今のところ、浜田という男は、心証的にはクロということか」

「まっクロに近いです。しかし、誰も、彼が、野見ゆう子を、突き落とすところは、見ていないんです」

「それが、浜田の狙いだったと、カメさんは見ているわけか？」

「そうです。しかし、浜田が、本当に狙ったように、シロとは、警察は、見てくれなかった。それで、焦っていると思いますね。女性関係も出てくるし、保険のこともわかってくる。状況証拠は、どんどん、クロになっていきますからね」

「動機は、充分ということか」

「ええ」

亀井は、うなずいた。

一日おいて、新しい証言があったと、静岡県警から、連絡があった。

それは、下田の漁船員からの証言で、事件の三日前の、同じ時刻に、ほぼ、同じ地点で、あのクルーザーを見たというのである。

その時、デッキには、男がひとりいて、双眼鏡で、通過する列車を見ていたという。

「浜田が見ていた列車は『リゾート21』だったんですか？」

と、亀井は、きいてみた。

「そうです」

と、山下刑事が、いった。

「漁船員は、その時、通過していたのは、車体に、真っ赤な色が、斜めに塗ってある列車だといっているんです。これは『リゾート21』だけです」

「つまり、浜田は、三日前に、どんなふうにやれば、列車の乗客から、彼女が、ひとりで落ちたように見えるか、現場で、考えていたわけですね」

「そうなります。これで、いよいよ、浜田のクロが、確実になりましたよ」

と、山下は、嬉しそうにいった。

その二日後の夕方だった。

警視庁捜査一課に、男の声で、電話があった。

「新聞に出ていた伊豆沖の事件のことで、証言したいんですが、そちらに、いったらいいんですか？　それとも、下田の警察のほうへ、いったらいいのか、教えてくれませんか」

と、男が、いった。

電話に出た亀井は、

「証言って、あなたは、何を見たんですか？」

「あのクルーザーから、女の人が、海に落ちるのを、見たんですよ」

「列車のなかからですか？」

「いや、伊豆の山の上からです」

「山の上からですか。とにかく、こっちへきて下さい」

と、亀井は、いった。

その男が、やってきたのは、四十分ほどしてからである。
三十二、三歳の、頬髭《ほおひげ》を生やした男だった。革ジャンパーを着て、使い古しのショルダーバッグを肩から提げていた。
亀井にくれた名刺には、広田茂夫《ひろたしげお》とあった。肩書きはない。

「何をやられておられるんですか？」

亀井は、丁寧に、きいた。

「フリーのライターです。雑誌から頼まれて、旅行記事なんかを書いています」

と、広田は、多少、照れ臭そうに、いった。あまり、売れていないのかもしれない。

「伊豆へいっておられたのも、仕事ですか？」

「いや、今回は、楽しみです。伊豆は、車でいったり、列車でいったりは、誰もがするので、歩いてみたんです。それも、人の歩かない山の尾根とか、旧道とかです」

「それで、先日の事件の日に、どこにいたんですか？」

「稲取の近くの山の尾根です」

広田は、ポケットから、伊豆半島の大きな地図を取り出した。小さくたたんでいたのを、机の上に広げて、

「このあたりです」

と、指さした。

海岸に迫る山の頂上のあたりである。

そこなら、海岸線を走る列車も、沖にいたクルーザーも、よく見えただろう。

「その時に見たことを、話して下さい」

地図を見ながら、亀井が、いった。

「景色がいいので、尾根のあたりに、腰をおろして、海のほうを眺めていたんです。午前十時を少しすぎた頃でしたかねえ。沖に、白いボートが、いましたよ。何をしてるのかなと思って、見てたんです」

「それで？」

「デッキに、女の人が、いましたね。ええ。ひとりでです。船首のほうに立って、屈伸運動をしてましたよ」

「どんな服装だったか、覚えていますか？」

「確か、ブルーの水着の上に、白いものを羽織っていましたね。それで、体を動かしたあと、手すりにもたれて、海面を覗きこんでいましたよ。少し、乗り出しすぎているから、見ていて、危なっかしいなと思っていたんです。そうしたら、落ちたんですよ。真《ま》っ逆《さか》さまにね。思わず、僕は『あっ』って、叫んでしまいましたね」

「それから、どうしたんですか？」

「大声で、怒鳴りましたよ。きこえないとは、わかっていましたがね。海に落ちた女性は、すぐ、見えなくなってしまいました。一緒に乗っている人間は、何してるんだと思っていたら、男が、キャビンから出てきました。手にカップを二つ持ってました。それから、デッキで、女の人を探していましたが、落ちたのがわかったとみえて、服を着たまま、飛びこみました」

「なるほど」

「必死になって、探していましたね。疲れると、一度、船にあがって、また、飛びこんでいましたよ。あれじゃあ、男のほうも、疲れて、死んじゃうんじゃないかと思いましたね。そのうちに、漁船がやってきたんです」

「女性が、海に落ちた時ですが、列車が、通りませんでしたか？」

「ああ、通りましたよ。白い車体に、赤い線が入っている綺麗な列車でしたね。あんな綺麗な列車は、初めて見ました」

「そのあと、あなたは、どうされたんですか？」

「下田に出ました。旅館に入ってからきいたら、あの女性は、死んだということでしてね。可哀相にと、思いましたね」

「何という旅館ですか？」

「下田の？　ああ『富士館《ふじかん》』という旅館です」

「あなたが、山の尾根に、その時、いたという証拠はありませんか？」

「証拠ですか？」

「そうです。あなたは、大事な証人ですからね」

「証拠といってもなあ」

と、広田は、考えこんでいたが、

「あの日から、雨は降っていませんね？」

「降っていませんよ」

「それなら、あるかもしれません」

「何がですか？」

「尾根に腰をおろしている時、最初は、呑気に煙草を吸ってたんです。その吸殻を、埋めてから、下田へいきました。だから、まだ、その吸殻が、埋まっているはずです。確か、四本だったと思いますね。ああ、ジュースの空缶《あき》も、一緒に埋めました」

「煙草は、何ですか？」

「マイルドセブンです」

広田の証言には、よどみがなかった。

亀井は、テープレコーダーを取り出した。

「大事な証言なので、録音させてもらいますよ。もう一度、初めから、話して下さい」

6

亀井は、下田署に、電話で、広田という証人が、現れたことを告げた。

「一応、下田の『富士館』という旅館と、稲取近くの山の尾根を調べてみて下さい。もし、間違いがなければ、重大な証人だと思います」

「調べてみよう」

と、県警の矢部警部が、いった。

翌日になって、返事がきた。

「『富士館』へいって調べてきたよ」

と、矢部が、いった。

「それで、広田は、泊まっていましたか？」

「事件の日に、泊まっている。顔立ちも、君がいったように、髭だらけの男だったそうだ」

「山のほうは、どうでした?」

「山下刑事が、いってくれたがね。確かに、人の座った跡があって、近くに、吸殻と、ジュースの空缶が、埋めてあった。マイルドセブンの吸殻が四本だよ」

「そうですか」

「困ったことに、その場所から沖を見ると、クルーザーのデッキが、よく見えるだろうと、いうんだよ。そうなると、もし、デッキに立っている女の足を、浜田が、キャビンから引っ張って、海に落としたりしたら、それが、見えたに違いないんだよ。決定的な証人になりそうだ」

「吸殻や、ジュースの空缶を、あとから、そこに埋めたということは、ありませんかね?」

「浜田が、自分に有利な証人を作るためにかね?」

「そうです」

「それはないね。空缶には、ジュースが、少し残っていたんだが、その変色具合から見て、少なくとも、三日はたっていると、いっている。一応、調べさせたんだよ。それに、もう一つ、稲取の町で、聞き込みをやったところ、広田と思われる男を、事件の日に見ている者がいるんだ。下田の『富士館』に泊まったのも、事件の日だよ」

「そうですか。そうなると、浜田は、シロですね」

「とにかく、その証人を、こっちへよこしてくれないか。直接、話をききたいんだ」

と、矢部は、いった。

「伝えておきます」

と、いって、電話を切った亀井は、考えこんでしまった。

(どうなってるんだろう?)

亀井は、てっきり、浜田が、野見ゆう子を殺したと思ったのだ。

泳げない恋人を、クルーザーに乗せて、海に出ていく。

そして、恋人は、海に落ちて、死んだ。

男には、ほかに、何人も女がいたし、保険もかけていた。疑問を持たないほうが、おかしいのだ。

ちょうど、通過した「リゾート21」には、目撃者が、何人かいたが、クロとも、シロともいえない証言をした。

だが、広田という証人は、決定的だ。

動く列車から見ていたわけではないし、上から見ていれば、クルーザーのデッキの小細工は見える。

(浜田が、前もって、証人として、広田を用意しておいたのだろうか?)

だが、それなら、なぜ、もっと早く、名乗り出るようにしなかったのか。

亀井は、広田の名刺を、日下刑事たちに見せて、宝石商の浜田と、関係がないかを、調べさせた。

もし、どこかで、関係していれば、浜田に頼まれて、嘘の証言をしたことも、考えられるからである。

しかし、売れないフリーライターの広田と、宝石商の浜田との接点は、見つからなかった。

殺された野見ゆう子との関係も、調べさせたが、こちらも、同じだった。どこにも、接点は、見つからないのだ。

しかし、亀井には、浜田が、シロとは思えなかった。

亀井は、広田の証言テープを、家に持ち帰って、何度も、きいてみた。

この証言が、正しければ、浜田は、シロである。

(どこにも、おかしいところはないな)

と、思いながら、もう一度、元に戻して、きいていると、息子の健一が、部屋に入ってきて、

「何をきいてるの?」

と、きいた。

「この間の事故を、山の上から見ていた人がいたんだ。その人の話だよ。健一は、もう寝なさい」

亀井がいっても、健一は、腰をおろして、きいていたが、

「この人、嘘ついてるよ」

と、いきなり、いった。

亀井は、最初は、取り合わずにいたが、健一は、なおも、

「嘘ついてるよ。この人」

と、繰り返した。

「これは、大人の事件なんだよ」

「でも、嘘ついているもの」

「どこが?」

「この人、山の上から、海を見ていたんでしょう?」

「そうだよ」

「それなのに『リゾート21』のことを、白い車体に、赤い線が入っているっていってる。だから、嘘つきだよ」

「しかし、あの列車は、赤い線が、入っていたんじゃないか?」

「それは、海側は、白いところに、赤い線が入っているんだ。でも、反対側の山側は、白いところに、青い線が入っているんだよ。だから、山のほうから見たら、青い線が見えたはずなんだ。嘘つきだよ」

「じゃあ、戻ってくるときに、見たのを、間違えたのかな?」

「そんなことないよ。あの列車は、いきも帰りも、いつも、海側は、赤く、山側は青くなっているんだ」

「ふーん」

と、亀井は、唸った。

健一と一緒に乗ったし、綺麗な列車だったのは覚えているが、海側が赤で、山側が青の模様だったのは、覚えていなかった。

「よくしっているな」

と、いうと、健一は、にやっと笑って、

「『リゾート21』は、いろいろと、研究してるんだよ」

「そうか。お前のおかげで、事件が、解決しそうだよ」

「それじゃあ『リゾート21』を買ってよ」

「え？」

「もうじき、模型が売り出されると思うんだ。それ、買ってよ」

「いいだろう」

と、亀井は、うなずいた。

7

（息子のおかげで、事件は解決か）

亀井は、何となく、こそばゆくなるような気がして、思わず、にやにやしてしまったが、急に、その笑いを消してしまった。

広田は、嘘をついた。

これは、間違いない。

だが、彼のいったとおり、問題の尾根には、吸殻と、ジュースの空缶が、埋めてあった。

下田の旅館にも、泊まっている。稲取の町でも、目撃されている。事件の日にである。

つまり、広田は、事件の日に、山の上から、事件を見ていたのだ。

ただ、たぶん、浜田に頼まれてだろうが、嘘をついた。

ここまでは、間違いない。

しかし、広田が、尾根にいたのなら、当然、実際に、海岸線を走る「リゾート21」を見ているはずである。

見たのなら、山側の車体が、白に、青い線が入っているのに気づいたはずなのだ。

それなのに、なぜ、赤い線が入っていたといったのだろうか？

茶色を、黒色と間違えることは、あるかもしれないが、青く見えたはずなのに、赤く見えたというのは、おかしい。

亀井は、自信がなくなってしまった。

慌てて、伊豆急本社に、電話をかけた。ひょっとして、息子の健一が、間違えているかもしれないと思ったからである。健一が、思い違いをしていて、海側が青で、山側が赤かもしれない。もし、そうなら、間違っているのは、健一ということになってしまうからである。

だが、伊豆急本社では「リゾート21」は、海側は、赤い線を入れ、山側は、青い線を入れていると、答えてくれた。

健一のいっていることが正しく、広田が、間違っているのだ。

しかし、なぜ、間違ったのかという疑問が残る。

山から見ていたら、間違えるはずはないのだ。

それなのに、間違えている。

(おかしいな)

浜田が、前もって用意しておいた証人なら、そんな間違いはしないだろう。とすると、自由意志で、名乗り出た証人なのか。それなら、なおさら、間違えるのは、おかしくなってくる。

翌日、亀井は、下田署へ電話をかけた。

山下刑事が、電話に出た。

「広田という男は、そっちへいきましたか？」

と、亀井は、きいた。

「ええ、きましたよ。昨日の夕方です。証言をきいて、みんな、がっかりしました。これで、浜田は、シロになりましたからね」

「しかし、広田の証言は、おかしいんですよ」

亀井は「リゾート21」のことを話した。

「それ、本当ですか？」

と、山下が、きいた。

「そちらでは『リゾート21』のことは、質問しなかったんですか？」

「ええ。あの列車とは関係のない証人というので、質問しなかったんです。なるほど、おかしいですね」

「テープを送りますから、広田を、問いつめてみて下さい。私も、納得できないんですよ。広田は、まだ、下田にいるんでしょう？」

「今日は、下田のホテルに、泊まることになってます」

「では、今日中に、届くようにします」

と、亀井は、いった。

翌日、亀井は、結果を、待った。

下田署の山下刑事から、電話が入ったのは、夕方になってからだった。

「すべて、解決しましたよ」

と、山下が、明るい声で、いった。

「どう解決したんです?」

「あの広田は、偽者だったんです」

「偽者? よくわかりませんが」

「宝石商の浜田は、亀井さんの考えられたとおり、クルーザーの海岸と反対側のデッキに、野見ゆう子を立たせておき、キャビンの窓から、鍵形の棒で、足を引っかけて、海に落として、殺すことを考えたんです。目撃証人は『リゾート21』の乗客にしようと、思ったわけです。列車の窓からでは、沖のクルーザーのデッキは、ほぼ同じ高さだから、棒は見えないと、考えたんです。それに、任意の目撃者だから、証言に信憑性がありますからね」

「なるほど」

「一応、うまく運んだんです。『リゾート21』から見ていた乗客もいましたし、彼女は、ひとりで、海に落ちたと証言しましたからね。ところが、浜田が、東京に戻ったあと、広田という男が現れて、浜田を強請ったんですよ」

「本物の広田ですね？」

「そうです。広田は、あの尾根にいて、海を見ていたんです。彼は、鍵形の棒が、女の足を引っかけるのを見たといって、浜田を強請ったんですよ。要求は、一億円です。その時、広田は、自分の話が正しい証拠として、尾根に、煙草の吸殻と、ジュースの空缶を埋めたこと、下田の『富士館』に泊まったことを、浜田に、話したんです。浜田は、一億円を払う気はなかった——」

「殺したんですね？」

「そうです。殺したんです。それで、やめておけばよかったのに、浜田は、顔のよく似た男を雇い、つけ髭をつけさせ、広田になりすまして、証言させることにしたんですよ。もちろん、自分に有利なようにです。そうすれば、自分は、シロということになりますからね。ただ、偽者は、実際に、尾根にいたわけじゃないから『リゾート21』を見ていない。浜田は、事件の三日前に、同じ海域にきて『リゾート21』を見ているんですが、海側からしか見なかったんですよ。それで『リゾート21』というのは、側面は、どちらも、白いところに、赤い線が入っているものと、思いこんでしまったんです。たいていの車両は、両面とも、同じ色、同じ模様になっていますからね。それで、偽の広田に『リゾート21』のことをきかれたら、白い車体に、赤い線が入っている綺麗な列車だと答えろと、教えたんですよ」

〔この作品はフィクションで、作中に登場する個人、団体名など、全て架空であることを付記します。〕

本書は二〇〇八年五月、祥伝社より刊行されました。

双葉文庫

に-01-102

十津川警部《とつがわけいぶ》 捜査行《そうさこう》

湘南情死行《しょうなんじょうしこう》

2022年1月16日　第1刷発行

【著者】

西村京太郎《にしむらきょうたろう》

【発行者】

箕浦克史

【発行所】

株式会社双葉社

〒162-8540 東京都新宿区東五軒町3番28号

［電話］03-5261-4818（営業部）　03-5261-4831（編集部）

www.futabasha.co.jp（双葉社の書籍・コミックが買えます）

【印刷所】

大日本印刷株式会社

【製本所】

大日本印刷株式会社

【カバー印刷】

株式会社久栄社

【フォーマット・デザイン】

日下潤一

ISBN978-4-575-52528-1 C0193
Printed in Japan

双葉文庫